Otto Kornmüller

Die Musik beim liturgischen Hochamte

Antigonos

Otto Kornmüller

Die Musik beim liturgischen Hochamte

Unveränderter Nachdruck der Originalausgabe von 1871.

1. Auflage 2024 | ISBN: 978-3-38641-308-4

Antigonos Verlag ist ein Imprint der Outlook Verlagsgesellschaft mbH.

Verlag: Outlook Verlag GmbH, Zeilweg 44, 60439 Frankfurt, Deutschland
Vertretungsberechtigt: E. Roepke, Zeilweg 44, 60439 Frankfurt, Deutschland
Druck: Libri Plureos GmbH, Friedensallee 273, 22763 Hamburg, Deutschland

Die Musik

beim

liturgischen Hochamte.

Eine
vom allgemeinen deutschen Cäcilien-Verein gekrönte Preisschrift.

Vierte Vereinsgabe pro 1871,

bearbeitet

von

P. Utto Kornmüller, O. S. B.

Motto: Sancta sancte!

1871.
Regensburg, New York & Cincinnati.
Papier und Druck von Friedrich Pustet.

Seit einigen Jahrzehnten hat das kirchliche Leben allenthalben einen mächtigen Aufschwung genommen, Hand in Hand damit ging die kirchliche Kunst. Natürlich, sobald richtigeres Verständniß und größere Liebe in der Religion auftritt, muß sich alsbald dieser umgestaltende Geist aller Zweige der menschlichen Thätigkeit bemächtigen. So sehen wir einen großartigen Wetteifer, die besseren Reste der alten Kunst zu erhalten, zu restauriren und nach den besten Mustern in der Architektur, Skulptur, Malerei und Poesie würdiges Neue zu schaffen.

Die kirchliche Musik konnte sich diesem allgemeinen Strome nicht entziehen, man fühlte die eingedrungenen Fehler, Mängel und Uebelstände, man strebte Besseres an und suchte lang Vergessenes und Verborgenes wieder hervor. Aber noch ist auf diesem Gebiete das Ringen nach Verbesserung nicht beendet, weil es in der That schwierig ist, hier gleichen Schritt mit den übrigen Künsten zu halten. Bei diesen sind theils die Regeln und Grundsätze viel ausgebildeter, constanter und anschaulicher, theils stehen die besten Muster fast überall vor Augen oder sind leichter zugänglich. In der kirchlichen Tonkunst dagegen ist es nicht so, in ihr sind die Ansichten über die Grundsätze noch sehr verschieden und schwankend, Muster von kirchlichen Tonwerken sind schwieriger zu beschaffen, und wenn man sie hat, bedarf es erst eines tüchtigen Chores zur tadellosen Aufführung; und wenn auch das gelingt, so fließen die Töne schnell vorüber, das Musterbild ist so zu sagen wieder dem Anblick entzogen. Das eigentliche Studium der Meisterwerke ist nur Wenigen beschieden, und rechnen wir noch dazu die Verwöhnung der Ohren durch die neuere Profanmusik, welche unablässig von allen Seiten auf die Sinne einstürmt und mit ihren sinnlichen Reizen Propaganda macht, so läßt sich ermessen, daß die Regeneration der Kirchenmusik mit sehr großen Schwierigkeiten zu kämpfen hat und nur langsam voranschreiten kann.

Neben dem ernstesten Streben nach Verbesserung in praxi gibt sich auch das Verlangen nach immer klarerer Erkenntniß der Grundsätze und Regeln der liturgischen Musik kund; man fühlt es, daß man ohne eine solide theoretische Basis in der Praxis nur unsicher vorangehen kann, und daß ohne dieselbe bald wieder die nämliche Zerfahrenheit der Ansichten und Urtheile Platz greifen müsse, wie sie bisher statthatte.

Diesem Verlangen kam der allgemeine deutsche Cäcilienverein entgegen, indem er eine Preisarbeit ausschrieb, welche die Musik beim liturgischen Hochamte nach allen ihren Beziehungen zum Gegenstande haben und möglichst positiv alles erörtern sollte, was die Tonkunst und den Musik-Chor dabei berührt. [1]

Vorliegendes Schriftchen suchte auf die Frage gründlichst einzugehen, und das Preisgericht erachtete auch darin die Aufgabe als gut gelöst.

Die nachfolgende Darstellung scheidet sich in zwei Theile, wovon der erste sich über das liturgische Hochamt und die Musik dabei im Allgemeinen, der zweite als der besondere über die einzelnen Theile des Hochamtes in Bezug auf Musik und über die dabei betheiligten Personen ausspricht.

Erster Theil.
A. Das Hochamt an sich.

I. Wesen des Hochamtes.

1. Das Hochamt ist die feierliche Vollziehung des hl. Meßopfers, desjenigen Opfers, welches der göttliche Heiland beim letzten Abendmahle unblutiger Weise beging, seinen Aposteln fortan

---

[1] Fliegende Blätter f. kath. Kirchenmusik von Fr. Witt, 1868, Nro. 11: „Darstellung des liturgischen Hochamtes, insoweit die Tonkunst und der Musikchor dabei betheiligt sind.“

zu feiern befahl: „Dieß thut zu meinem Andenken!“[1] und welches er blutiger Weise am Kreuzesstamme vollbrachte. Es ist die hl. Messe ein wahres Opfer, es findet sich darin alles, was zu einem Opfer gehört. Sie ist aber das größte und heiligste Opfer, das je geschehen ist und geschehen kann; nicht ein Geschöpf wird darin der höchsten Majestät Gottes als Opfer dargebracht, sondern der eingeborne Sohn Gottes selbst, der Gottmensch Jesus Christus opfert sich durch die Hände seines Stellvertreters, des Priesters, auf.

2. Und wie dieses Opfer an sich unendlich erhaben ist, so sind auch sein Endzweck und seine Wirkungen unendlich erhaben und segensreich; der Mensch hat kein anderes Mittel, Gott genügendes Lob zu bringen, ihn wirksamer zu bitten, ihm ausreichender Dank zu erstatten und hinreichende Genugthuung für die Sünden darzubieten, als das unendliche Opfer seines eingebornen Sohnes. In diesem Opfer hat der göttliche Erlöser sein kostbarstes Kleinod in die Hände seiner Kirche gelegt: das vollkommenste Lob-, Bitt-, Dank- und Sühnopfer — für alle Zeiten zum Heil aller Gläubigen, der Lebendigen und Abgeschiedenen.

3. Diesen Werth hat die Kirche jederzeit anerkannt und dafür gesorgt, daß dieses Opfer seinem hohen Werthe entsprechend würdig gefeiert werde. Darum galt es von Anfang an als die größte und heiligste Handlung des göttlichen Dienstes, als der Mittel- und Höhepunkt des christlichen Cultus.

Die vorbildlichen Opfer des A. B. mußten nach Anordnung Gottes selbst mit entsprechender Feierlichkeit dargebracht werden; um so mehr erfaßte eine solche Nothwendigkeit der christliche Geist, welcher nicht mehr vorbildliche und symbolische Opfer, sondern das wahre Opfer vor sich sah. Zudem hatte auch Christus die Vollziehung desselben nicht den Gläubigen ohne Unterschied anheimgegeben, sondern die Gewalt, es zu feiern, nur den Aposteln und ihren Nachfolgern übertragen und es dadurch schon ausgezeichnet. Darum wurde in den ersten Jahrhunderten der christlichen Kirche das heil. Meßopfer fast immer nur mit großer Feierlichkeit in Verbindung mit Psalmengesang, Lesungen, mehr oder minder zahlreichen Gebeten vollzogen, vollzogen vom Bischofe allein, umgeben von den geweihten Altardienern, inmitten der ganzen versammelten Gemeinde, welche dieses Opfer geistig mitfeierte und dann wirklich am Opfermahle theilnahm, communizirte.

In den Tagen der Verfolgung allerdings mußte die Feierlichkeit eingeschränkt werden; als aber der Kirche die Freiheit erblüht war, zeigte sie um so mehr, wie hoch sie dieses Opfer schätze und ehre, sie umgab es mit aller Pracht und Zierde und legte dadurch nicht blos ihren Glauben dar, sondern suchte auch allen Menschen die Hoheit und Würde der hl. Messe begreiflich zu machen; Mittel dazu sind die erhabensten Ceremonien und ehrwürdiger Gesang.

4. Der göttliche Heiland hat sein hl. Opfer, das kostbarste Vermächtniß seiner Liebe, seiner Kirche durch die Hände der Apostel übergeben, nicht durch die Hände irgend welcher gläubiger Jünger; er hat also das apostolische Priesterthum wie zum Vollstrecker, so zum allein berechtigten Verwalter seines Opfers gemacht. Der rechtmäßig eingesetzte Fortsetzer dieses apostolischen Priesterthums, der katholische Episkopat, in der Verbindung mit dem apostol. Primat und unter dessen Oberleitung, hat also das alleinige Bestimmungsrecht auf Erden in Betreff dieses hl. Opfers, sowohl über die Verwendung als über die Form und Art der Darbringung im Ganzen wie in den einzelnen Theilen. Die Glieder der Kirche müssen dieß Recht, diese von Gott gesetzte Ordnung anerkennen und den kirchlichen Bestimmungen sich willfährig unterwerfen; nicht die Meinungen und Ansichten der einzelnen Gläubigen sind hierin maßgebend, und können es nicht sein.

Der Episkopat hat dieses sein unveräußerliches Recht stets geübt, und es wurde stets anerkannt; Concilien sowohl als nach Umständen einzelne Bischöfe und insbesondere der Papst haben den Gottesdienst geordnet, bestimmte Vorschriften für die würdige Abhaltung desselben erlassen, und die einzelnen Kirchen hielten sich daran.

5. Als gesetzgebende Faktoren für liturgische Sachen bestehen also in der Kirche: der Papst, als Oberhaupt der Kirche, die Bischöfe als Nachfolger der Apostel; jener gibt Normen für die ganze Kirche, diese für ihre Sprengel; ferner die allgemeinen und Provinzial-Concilien.

Quellen der liturgischen Normative sind nicht blos die unmittelbaren Erlasse und Bestimmungen dieser gesetzgebenden Faktoren, sondern auch die Entscheidungen der Congregation der hl. Gebräuche (Congr. sacrorum Rituum), welche im Auftrage und in Vollmacht des Oberhauptes der Kirche handelt[2]); dann die wissenschaftlichen Abhandlungen und Sammlungen liturgi-

---

[1]) Luk. 22, 19; I. Corinth. 11, 24.
[2]) Die allgemeine Verbindlichkeit der Entscheidungen der C. S. R. auf gestellte Anfragen wird von Einigen

scher Gesetze und Normen, welche von den kirchlichen Oberbehörden approbirt eines hohen Ansehens sich erfreuen, die Meß- und Ritualbücher sowie die Einführungsschreiben und Bullen zu denselben und endlich viele Aussprüche der hl. Väter und Lehrer der Kirche.

II. Begriff des liturgischen Hochamtes.

1. Die rubrizistische Definition des Hochamtes, der Missa solemnis, lautet: „Missa solemnis est, quae omnem solemnitatem habet, cantus, thuris, ministrorum sacrorum earumque caeremoniarum, quas praescribunt Rubricae agentes de Missa solemni."[1] Unter einem Hochamte im strengen Sinne versteht man also die feierliche Vollziehung des hl. Meßopfers mit Anwendung von Leviten, Gesang, Incensation und allen denjenigen Ceremonien, welche die von der feierlichen Messe handelnden kirchlichen Vorschriften angeben. Diese Vorschriften, Rubriken genannt, führt das Meßbuch selbst unter strenger Verpflichtung an.

2. Missa solemnis oder Hochamt wird aber auch noch in minder strengem Sinne gesagt von feierlichen Messen, welche ohne Leviten — wegen Mangel an Geistlichen, wie es z. B. bei Landkirchen der Fall ist — jedoch mit Beobachtung aller andern Erfordernisse abgehalten werden.[2]

Einige Entscheidungen der Congregatio s. Rit. (C. S. R. 8. April. 1808; 7. Sept. 1816; 27. Febr. 1847; 22. Jul. 1848) belegen selbst das einfache Amt, Missa cantata,[3] mit dem Namen „Missa solemnis" im Gegensatze zur Missa privata oder stillen Messe.

3. Als Missa solemnis ist zu feiern a) das Pontificalamt; b) das Pfarramt, welches der ursprünglichen Feier des hl. Meßopfers entspricht, auf welches die Gläubigen einer pfarrlichen Gemeinde rechtlichen Anspruch, und woran theilzunehmen sie auch die Pflicht haben; es bildet den eigentlichen Mittelpunkt der kirchlichen Gottesverehrung einer Pfarrgemeinde als Fortsetzung der Uebung aus den ersten Zeiten des Christenthums, wo nur der Bischof an den Sonntagen inmitten seiner gläubigen Gemeinde und für sie das heilige Opfer feierte; es ist somit für die Gemeinde das, was das Pontificalamt für die ganze Diözese ist. In manchen Gegenden wird denn auch der Pfarrgottesdienst, selbst wenn er nicht mit voller Feierlichkeit abgehalten werden kann, vom Volke das „Hochamt" oder die „Hochmesse" geheißen.

Ferner sind Missae solemnes c) die Missa conventualis, das Conventamt d. h. die von den Stiftern und Klöstern täglich für die Wohlthäter zu vollziehende Meßfeier; d) die Missae votivae pro re gravi, die Votibämter, welche aus einer wichtigen Ursache gehalten werden.

Waren diese Messen früher stets in feierlichster Weise abgehalten worden, so haben die Umstände viel geändert, und namentlich die geringere Anzahl der Geistlichen und die weitere Inanspruchnahme durch Seelsorgsgeschäfte haben es bewirkt, daß jetzt Hochämter im strengen Sinne seltener stattfinden.

4. Die gegebene Unterscheidung hat auch für die Musik resp. den Chor Bedeutung, indem diese beim eigentlichen Hochamte feierlicher zu sein hat, als bei einem einfachen Amte. Die Kirche selbst macht in ihren liturgischen Chorgesängen einen ähnlichen Unterschied: einfacher sind die Gesänge für die Festa semiduplicia, simplicia und Feriae als die der F. duplicia, und auch dem Priester schreibt sie im Meßbuch unterschiedene Intonationen (Gloria in excelsis, Ite missa) und Gesänge (Praefatio, Pater noster, die Orationstöne) vor. Der Choralgesang des Musikchores richtet sich genau nach dieser Unterscheidung und hält auch die im Direktorium angegebene Rangstufe des Officiums fest, wornach er sich bald des Meßgesanges in dupl. et solemnibus, bald des in semidupl. u. s. w. bedient. Er steht hieburch in Uebereinstimmung mit dem Altargesang des Priesters, dem es auch nicht erlaubt ist, in Festis semidupl. die Intonationen des Gloria und Ite missa est für die festa dupl. et solemnia zu nehmen, wenn gleich Leviten und Incensation dabei in Anwendung kommen. Dagegen

---

bestritten; jeder Zweifel aber ist für diejenigen Diöcesen gehoben, wo der Bischof solche Dekrete zur Kenntniß seines Klerus bringt. Uebrigens haben sie autoritativen Charakter an sich, weil im Auftrage und in der Vollmacht des Oberhauptes der Kirche erlassen. Die Congregation der heil. Gebräuche (C. S. R.) wurde von Sixtus V. im J. 1588 eingesetzt, um die liturgischen Gegenstände zu behandeln, die gleichförmige Einhaltung der Riten zu überwachen, Zweifel zu lösen, Entscheidungen und authentische Erklärungen zu geben.

[1] Bouvry, Expos. rubr. t. II. pag. 9; De Herdt, S. Liturg. praxis I. pag. 13; Gavantus p. 2. lit. 2. rubr. 5.

[2] Ibid.

[3] „Missa cantata, quae cantatur, sed sine ministris, et aliquando media vocatur, quia medium tenet inter solemnem et privatam, utpote plus solemnitatis habens quam privata, et minus quam solemnis." Bouvry, t. I. p. III. s. 1. Diese „gesungene Messe" ist nicht zu verwechseln mit jener allgemein im Deutschen so benannten, wobei der Priester nur eine stille Messe liest, während der Chor singt; bei Missa cantata singt auch der Celebrant, aber die übrigen Ceremonien, welche dem Hochamte eigen sind, fehlen.

ift alles folenn bei den Missis votivis solemnibus, deren Meßformular nicht vom Tagesofficium ift; die Missa votiva de B. V. Maria hat ihre eigenen Intonationen und Gesänge.

5. Feierlichkeit der Mufik wird theils durch die Art der Mufikftücke, theils durch den Vortrag erzielt; es können mehr Sänger verwendet werden, der Vortrag felbft gefchieht in langfamerer, erhebenderer Weise, die Mufikftücke dürfen eine längere, aber immerhin angemeffen befchränkte Dauer haben, der Gefang mag fich auch mit mehr, jedoch der Würde des Opfers nicht widerftrebenden Ornamenten (wozu auch die Inftrumentalbegleitung gehört) fchmücken und höhere Kunft bekunden; triviale, gemeine oder lascive Melodien und Harmonien aber geziemen fich weder für das einfache Amt, noch für das Hochamt, denn jedes ift daffelbe ehrfurchtgebietende Opfer.

III. Liturgie des Hochamtes.

1. Liturgie ift ein griechisches Wort und bedeutet eigentlich einen öffentlichen Dienft; in den kirchlichen Sprachgebrauch aufgenommen wird es angewendet auf den öffentlichen Dienft Gottes,[1] im engften Sinne blos auf den Vollzug des heil. Meßopfers. Liturgie als Form ift die von der Kirche angeordnete Weise, das heilige Opfer darzubringen; dem Wesen nach aber ift fie die geheimnißvolle Vermittlung des Opfers Chrifti an die Menschen durch die Kirche, daher gleicher Bedeutung mit Kultus.[2]

2. Hier faffen wir Liturgie im Sinne von Form als die in der Kirche angeordnete Weise, das heilige Opfer darzubringen. Die Form unterliegt der Veränderung, insofern fie nicht das Wesen einer bleibenden, unveränderlichen Sache direkt berührt. Darum war in den wefentlichen Theilen die Liturgie ftets gleich, in manchen andern Stücken aber ward die Meßfeier längere Zeit hindurch nicht fo vollzogen (und wird es in vielen Theilen der Kirche z. B. bei den unirten Griechen, Armeniern noch nicht), wie fie feit dem Concil von Trient für alle künftige Zeiten und für die ganze lateinische Kirche feftgefetzt wurde, und wie wir fie nach diefer Anordnung heutzutage begehen.

3. Die Wurzel der Liturgie ift die Art und Weise, wie der göttliche Heiland das heilige Meßopfer beim letzten Abendmahle einfetzte. Unzweifelhaft hat er feinen Apofteln vor der Himmelfahrt beftimmtere Weisungen gegeben über die fernere Darbringung deffelben, wornach fie dann eine gewiffe Norm feftfetzten und fefthielten. Jeder der Apoftel übergab und hinterließ ficherlich den von ihm gegründeten Kirchen eine fefte liturgische Ordnung, welche fpäter weiter entwickelt wurde und einige untergeordnete Zufätze erhielt. Die noch auf uns gekommenen älteften Meßliturgien aus verfchiedenen Kirchen[3], fowie die Befchreibung, welche der heilige Juftin († um 166) in feiner Apologie von der Meßfeier im 2. Jahrhunderte gibt, ftimmen in einzelnen und zwar den hauptfächlichen und wefentlichen Theilen ganz überein: Die Liturgie beginnt mit Vorbereitungsgebeten, auf diefe folgen Lefungen aus der heil. Schrift und der Vortrag des Bifchofs oder Prieftsers; damit werden Pfalmengefang und verfchiedene Gebete für verfchiedene Anliegen verbunden. Mit dem Friedenskuße wird in der morgenländischen Kirche die vorbereitende Liturgie gefchloffen. Es wird Brod und Wein mit Waffer gemifcht geopfert, dann die Präfation gefprochen, welche mit dem dreimal Heilig fchließt. Der Kanon enthält viele Gebete für die Kirche und für Einzelne, für Lebende und Verftorbene, Gebete zur Anrufung der Heiligen, Gebete, daß Gott die Opfergaben heiligen und verwandeln wolle, zum Heile der Gläubigen, Gebete zur Dankfagung für das Werk der Erlöfung. In den Kreis diefer Gebete wird die Erzählung von der Einfetzung des euchariftischen Opfers und die Ausfprechung der Konfekrationsworte eingefügt. Den Schluß des Kanons bildet das Gebet des Herrn. Auf diefes folgt die Brechung der Hoftie, die Kommunion und die Dankfagung.[4]

4. Diefe liturgische Ordnung ift apoftolischen Urfprungs und fie hat in den einzelnen Liturgien des Orients und Occidents nur unbedeutende Aenderungen erfahren. Daß folche Abweichungen, verfchiedene Einkleidung der den Liturgien zu Grunde liegenden großen Gedanken, vorkamen, findet darin feine Erklärung, daß es im Allgemeinen den Bifchöfen überlaffen war, außerwefentliche

---

[1] Cf. Hebr. 10, 12; I. Tim. 2, 1; Act. 2, 42.

[2] Amberger, Dr. Jof. Paftoraltheologie I. Aufl. II. pag. 43.

[3] Z. B. die Liturgie des hl. Jakobus, des hl. Markus, des hl. Clemens, welche fo, wie wir fie kennen, allerdings fchon einige Zufätze haben. Amberger l. c. pag. 48.

[4] L. c.

Gebete und Lesungen nach dem Bedürfnisse der Zeiten und Gemeinden beizusetzen. Bald aber sah sich die Kirche genöthigt, diesen Aenderungen warnend und beschränkend entgegenzutreten. Besonders war es die Kirche von Rom, welche den Grundgedanken der Liturgie festhielt und sie einheitlich entwickelte, so daß die abendländische Kirche bald eines kräftigen und erhabenen liturgischen Ausbaues sich erfreute, während in den orientalischen Kirchen, je mehr sie sich vom Papste entfernten, um so mehr auch die Liturgien sich vermehrten, zerflossen und nach und nach mit Ceremoniell sich überluden.[1]

Der erste uns bekannte Papst, welcher mit ordnender Hand eingriff und solcherlei Abweichungen in nicht wesentlichen Dingen zur einheitlichen Liturgie, vorerst wenigstens für Rom und die diesem unmittelbar unterstellten bischöflichen Kirchen zurückführte, ist Leo I. († 461). Nach diesem hat Papst Gelasius († 496) noch einiges in liturgischen Sachen corrigirt; von ihm hat man noch ein Sakramentarium.[2] Endlich hat Papst Gregor der Große († 604) die Liturgie der römischen Kirche zu einem gewissen festen Abschluß gebracht; wie sie durch seine Hand aus dem Herzen der Kirche kam, so besteht sie noch, nur ganz wenige Beisätze und Aenderungen sind ein Werk späterer Zeiten.

5. Damit war freilich erst der Grund zu einer einheitlichen Liturgie in der ganzen abendländischen Kirche gelegt; diese Liturgie war anfänglich nur für die römische Kirchenprovinz bestimmt, in anderen Theilen der Kirche des Occidents bestanden, wie es die Umstände mit sich brachten, Abweichungen, eigenthümliche Entwicklungen der apostolischen Grundlage noch lange fort. So besaß die mailändische Kirche und Provinz eine von der römischen abweichende, mehr den orientalischen Charakter tragende Liturgie, welche durch den heiligen Ambrosius vollends geregelt wurde und seitdem den Namen „ambrosianische Liturgie" trägt; sie besteht jetzt noch zu Recht in der Kirche zu Mailand. Ebenso war auch eigenthümlich die gallikanische in Gallien und die mozarabische in Spanien. In andern Theilen der Kirche, welche das Sacramentarium gregorianum besaßen, geschahen später wieder allerlei Einschaltungen, welche im Grunde nur eine Ausweitung der schon vorhandenen Glieder darstellten und hauptsächlich an hervorragenden Kirchen sich fanden. Diese Einschaltungen sollten übrigens nur zur Erhöhung der Feierlichkeit dienen, und waren schöne Blüthen des hohen Glaubenslebens, sie bezogen sich meist auf Gesungenes und bestanden in Tropen oder Paraphrasen (Interpolationen), in Prosen (Sequenzen) und hymnenartigen Gesängen, durch welche die Meßfeier ungebührlich verlängert wurde. In diese Ungleichförmigkeit und Zersplitterung griff, nachdem das Concil zu Basel die Sache schon angeregt hatte, das Concil von Trient ein, und suchte eine einheitliche Liturgie wieder herbeizuführen, indem es im Allgemeinen gewisse Grenzen setzte und die spezielle Regelung an den Papst wies.[3] Pius IV. begann die Reform des Meßbuches, resp. die Zurückführung auf die alte Einfachheit, und Pius V. vollendete das Werk; unterm 14. Juli 1570 erschien das Missale nach der alten Norm und dem Ritus der heiligen Väter verbessert und mit sämmtlichen Rubriken versehen. Als neuerdings Fehler sich einschlichen, legten Clemens VIII. (7. Juli 1604) und Urban VIII. (2. Sept. 1634) die letzte verbessernde Hand an das Missale, welches nun in herrlichster Ordnung die Entfaltung des im eucharistischen Opfer verlaufenden Kirchenjahres darstellt.[4]

So ist seit beinahe 300 Jahren die würdigste Art und Weise, das heilige Meßopfer zu feiern, in allen, auch den kleinsten Theilen, Handlungen, Worten u. s. w. sowohl für die einfache, als für die feierliche Vollziehung dieses Opfers genau festgestellt, als unabänderliche Norm für alle lateinischen Kirchen, welche in Rom ihren Mittelpunkt und ihre Mutter verehren.

6. Wenn wir die katholische Meßliturgie, sowohl in ihrer einfachen als feierlichen Gestalt mit Aufmerksamkeit betrachten, so werden wir gestehen müssen, daß sie ein vollendetes Kunstwerk ist, geschaffen unter dem Einflusse des in der Kirche bis ans Ende waltenden und lieblich ordnenden heil. Geistes — überall herrscht die schönste Mannigfaltigkeit bei vollster Einheit, alle Theile, Handlungen und Worte haben ihren Bezug auf einen Kern- und Mittelpunkt: das gottmenschliche Opfer, die heilige Wandlung. Mit diesem Centrum stehen sie sämmtlich in Verbindung und im vollsten Zusammenhange, von daher empfangen auch alle Ceremonien, Gebete und Gesänge ihre Bedeutung und ihr Leben, sie erscheinen wie Zweige und Blüthen eines und desselben Baumes, durch einen und denselben Saft genährt.

Ganz nach den Vorschriften der Kirche, mit Würde und Andacht abgehalten, erscheint besonders die feierliche Messe als der erhabenste und ergreifendste Gottesdienst, dessen Eindruck kein Gemüth, das nicht ganz verkommen ist, sich entziehen kann.

---

[1] L. c. — [2] Sacramentarium bezeichnete ehemals das Meßbuch und auch das Buch, welches wir jetzt Rituale nennen.
[3] Amberger l. c. pag. 304. — [4] L. c. pag. 304.

B. Die Musik beim Hochamte.

I. Liturgischer Gesang.

Mit der Meßfeier war vom Anfang an Gesang verbunden, wie mit dem ganzen christlichen Kultus, im Gesange erkannte man stets ein wichtiges Beförderungsmittel der Andacht und Erbauung. Der Heiland selbst hat den Gesang beim heiligen Meßopfer durch sein eigenes Beispiel geheiliget, indem er nach der Einsetzung des heiligen Abendmahles den üblichen Psalm und Hymnus mit seinen Jüngern sang (Matth. 26, 30.); so blieb dann in den Apostelzeiten und den folgenden Jahrhunderten der Gesang in naturgemäßer Verbindung mit dem heiligen Opfer, da stets dabei Psalmen und andre Gesänge zur Anwendung kamen. Der Gesang ist nicht eine spätere Zuthat, sondern ein ursprüngliches Glied der Meßfeier.

2. Ueber die musikalische Gestaltung dieser Gesänge läßt sich nichts Bestimmtes ermitteln; aller Wahrscheinlichkeit nach waren sie anfangs von den Gesängen der Juden nicht verschieden, erst nach und nach gestaltete sie der christliche Geist um. Bei der Ausbreitung des Christenthums unter die griechischen Völkerschaften wurden unzweifelhaft auch aus dem griechischen Musikwesen Elemente aufgenommen und assimilirt.

3. Wie die übrigen Theile der Liturgie, so wurde auch der dabei vorkommende Gesang von der Kirche in Obacht und Pflege genommen, es wurden Vorsänger bestellt, die Sänger durch eine eigene Benediktion zu ihrem Amte eingeweiht, Singschulen errichtet, kurz Alles angewendet, damit der Gesang sich würdig in die Liturgie füge und wahrhaft erbaue.

Wie bei dem Aufhören der Christenverfolgungen die Liturgie ihre Pracht mehr und mehr entfaltete, so stieg auch das kirchliche Gesangswesen zu höherer Stufe; bald förderten große Männer die heilige Musik, welche nunmehr einen regelrechten Weg betrat und zur Tonkunst sich gestaltete.

Im Oriente ragten besonders die HH. Athanasius und Basilius hervor, im Abendlande wirkte vorzüglich der heilige Ambrosius, Erzbischof von Mailand, welcher von der mehr entwickelten Kirchenmusik des Orientes manches herübernahm und 4 Tonarten (nach allgemeiner Annahme) für die KGesänge festsetzte; dieß Alles ging mit Einrichtung seiner Liturgie Hand in Hand.

Hundert Jahre später trat jener Mann auf, dessen Wirksamkeit für Liturgie und Kirchengesang eine für alle Zeiten grunblegende geworden ist, — der heilige Papst Gregor der Große. Von ihm wurden die Gesänge bei der heiligen Messe, welche er als die besten vorfand und erkannte, gesammelt, corrigirt und mit neuen vermehrt, dann mit Tonzeichen versehen und nach dem Laufe des Kirchenjahres schön geordnet in einem Codex (Antiphonarius cento) als allgemeine Norm aufgestellt. Seine Gesangsweise, gregorianischer Gesang, oder mit Vorzug „Choral" (Chorgesang) geheißen, blieb fortan die eigentliche liturgische Musik. In Rom hielt man sich Jahrhunderte lang streng daran. Da aber um diese Zeit (7. Jahrh.) jede Kirchenprovinz schon ihre eingebürgerte Gesangsart hatte, so fand der gregorianische Choral erst im 8. Jahrhundert durch die Bemühungen von Fürsten und Klöstern allgemeinere Aufnahme und Verbreitung. Doch wurden die ursprünglichen Melodien nirgends lange bewahrt; Ursache davon war theils die mindere Singtüchtigkeit und Fähigkeit der nördlichen Länder, theils die mangelhafte Neumenschrift. Außerdem aber trug, auch nachdem Guido von Arezzo eine bessere Notenschrift erfunden hatte, die an manchen Orten gesteigerte Singkunst dazu bei, daß man die alten einfacheren Melodien nach dem Charakter der Nation oder auch dem Geschmacke der Zeit ausschmückte und selbst veränderte; dann veranlaßten noch die neuen Feste und häufigen besonderen Solennitäten die (nicht immer glückliche) Composition neuer Gesänge.¹) So bildete sich eine große Verschiedenheit des kirchlichen Gesanges in den verschiedenen Theilen der Kirche aus, der man endlich auf und nach dem Concil von Trient so viel als möglich entgegenzutreten suchte.

Wie alle übrigen Choralbücher wurde nun auch das Graduale d. h. die Sammlung aller bei der hl. Messe nach der Ordnung des Meßbuches durch das ganze Kirchenjahr gegebenen gregorianischen Gesänge einer Revision unterzogen, und es erschien in den Jahren 1614 und 1615 eine, wie berichtet wird, von Rog. Giovanelli corrigirte Ausgabe desselben in der mediceischen Offizin. 1870 wurde dieses Graduale neu herausgegeben, vermehrt mit den Gesängen für die neueren Fest-Officien. Es erschien unter dem Titel: „Graduale de tempore et de Sanctis juxta ritum sacrosanctæ romanæ Ecclesiæ cum cantu Pauli V. Pont. Max. jussu reformato cui addita sunt Officia postea approbata sub auspiciis sanctissimi Domini nostri Pii PP. IX. curante

---

¹) Bis zum 13. Jahrhundert war die Choralcompositionslehre zu einem bewunderungswürdigen Grade der Ausbildung vorgeschritten; damit hatte auch die Ausbildung der Singkunst gleichen Schritt gehalten.

sacr. Rituum Congregatione" (Regensburg, bei Fr. Pustet), und ist nunmehr die offizielle Ausgabe der Choralgesänge zum heil. Meßopfer, allen Kirchenvorständen bestens empfohlen.

4. Unterdessen blieb nicht der gregor. Choral die alleinige Kirchenmusik. Sobald sich die Tonkunst entwickelte und mehrstimmiger Gesang den Beifall der Sänger und Kunstfreunde gewonnen hatte, glaubte man dadurch die Feierlichkeit des Gottesdienstes erhöhen zu können und benützte ihn dann auch beim hl. Meßopfer; doch dauerte es lange Zeit, bis er sich mehr verbreitete. Von da an feierte die Musikkunst ihre höchsten Triumphe im Gotteshaus, aber leider bald weniger zur Erbauung der Gläubigen als vielmehr zur Glorie der Künstler. Den Ausartungen aber trat die Kirche besonders ernst im Concil von Trient entgegen, in Folge dessen die Missa Papæ Marcelli von Palästrina als Mustertonwerk in's Leben gerufen und als die würdigste Weise kirchlicher Tonkunst anerkannt wurde.

5. Bald nachher kam die Instrumentalmusik und das moderne Tonsystem in Flor und bot auch ihre Dienste der Kirche an; seitdem aber sank die Kirchenmusik von ihrer Höhe, rascher seit einem Jahrhundert zu einer Tiefe, welche oft mehr das Heilige verhöhnte als ehrte; es war die Zeit, wo man von einseitigem Kunstenthusiasmus geblendet, auch am kathol. Glauben schwach geworden, die Stimme der Kirche nicht mehr hörte und ihre Anschauungen nicht mehr verstand, — wollte Gott, diese Zeit wäre bald vorüber! [1])

6. Die Kirche hat ihr Recht, über die Kirchenmusik zu disponiren, das ihr gemäß ihrer Pflicht, das hl. Meßopfer zu verwalten, zukommt, niemals aus den Händen gegeben und konnte sich dessen, sofern sie nicht ihrem Berufe untreu werden wollte, gar nicht entäußern. Die KMusik hängt mit der Liturgie innigst zusammen und ist von der größten Wichtigkeit für die Kultuszwecke, kann also von der Kirche, welche aus göttlicher Anordnung als Wächterin des Heiligthums bestellt ist, nicht ignorirt werden. Diese hat ihre Stimme auch allezeit erhoben, wenn in der KMusik Uebelstände vorkamen, aber sie ist oft und oft nicht gehört worden. Sie hat nicht blos dem Chorale ihre Sorgfalt zugewendet, sondern auch der höheren Kunstmusik, wenn auch nicht bestimmend, so doch einschränkend. Papst Johann XXII. hat von Avignon aus (1322) der künstlichen Mehrstimmigkeit seine Zustimmung gegeben, aber nur für die Festtage, bei beschränkter Anwendung von consonirenden Intervallen und strenger Beibehaltung des Chorales als cantus firmus; in die päpstliche Kapelle selbst wurde die Polyphonie aufgenommen; das Concil von Trient gewährte das Orgelspiel, Papst Benedikt XIV. erlaubte den Gebrauch von Instrumenten, die neueren kirchlichen Erlasse gewähren der musikalischen Kunst großen Spielraum, — aber unbeschränkte Freiheit und willkürliches Gebahren, welches der Liturgie vergißt, kann sie nicht dulden.

7. Man kann und darf nicht sagen, daß ein hl. Athanasius, Leo, Gregor für die Musik so besorgt sich erwiesen, weil sie etwa besondere Kunstkenner und Kunstfreunde gewesen; nicht, daß Johann XXII. und so viele andere Kirchenfürsten die Tonkunst mißkannt und gehaßt, weil sie derselben für's Gotteshaus Beschränkungen auferlegten; nicht, daß Benedikt XIV. und die Päpste und Bischöfe der neueren Zeit in mittelalterlicher Befangenheit ihre Erlasse für Regelung der entarteten KMusik diktirten, — nein, sie waren sich ihrer Pflicht und ihres Rechtes bewußt, wie für die Liturgie, so auch für die damit zusammenhängende Musik Sorge zu tragen, was seinerzeit das Concil von Trient sess. 24 de reform. c. 12 mit diesen Worten einschärft: „Was die gehörige Ordnung bei den Gottesdiensten anbelangt, und die würdige Art und Weise, bei denselben zu singen und zu spielen, sowie, was die Kirchendiener angeht u. s. w., darüber soll die Provinzialsynode eine bestimmte Norm mit Berücksichtigung des Bedürfnisses und des Gebrauches einer Provinz aufstellen. Unterdessen kann aber auch der Bischof mit zwei Canonikern als Beiräthen in dem, was nothwendig und nützlich erscheint, bestimmend vorgehen." [2]) Und Benedikt XIV. schreibt (de synod.

---

[1]) Wenn in den verschiedenen Epochen der Musikentwicklung die Künstler und Kunstgönner die jedesmaligen neuen Errungenschaften, ohne sich um die Kirche zu bekümmern, so schnell als möglich beim Gottesdienste anzuwenden bestrebt waren und sich überhaupt auf den Kirchenchören als Tonangeber gebärdeten, und wenn sie in neuester Zeit nur der „Kunst" das entscheidende Wort zusprechen, so war und ist das ein unnatürliches und zugleich unkünstlerisches Vorgehen. Die ganze Meßliturgie mit Handlung, Wort und Ton ist ein einheitliches Kunstwerk zu nennen, wobei natürlich alle Theile sich auf die Grundidee beziehen, im organischen Zusammenhang damit stehen müssen; das ist ein Grundgesetz aller Kunst. Wenn nun die Musik von diesem Organismus sich losreißt oder nur einen sehr losen äußerlichen Zusammenhang mit dem Ganzen festhält, so kann doch von einer wahren Kunst keine Rede mehr sein.

[2]) „Cætera, quæ ad debitum in divinis officiis regimen spectant, deque congrua in his canendi et modulandi ratione, de certa lege in choro conveniendi et permanendi, simulque de omnibus ecclesiæ ministris, quæ necessaria erunt, et si qua hujusmodi, synodus provincialis pro cujusque provinciæ uti-

lib. XI. c. 12.): „Auch das gehört ohne Zweifel in den Pflichtkreis des bischöfl. Amtes, daß der Bischof durch Synodalbeschlüsse die Regelung der Kirchenmusik, insoweit es für seine Diözese ihm nothwendig erscheint, auf bestimmte Normen bringe, damit dieselbe die Herzen der Gläubigen zur Andacht wecke, und nicht, wie es in den Theatern geschieht, blos den Ohren mit eitlem Vergnügen schmeichle."

II. Grundursache der Musik beim Gottesdienste.

1. Der Mensch ist vom Schöpfer mit Verstand und Herz, Geist und Gefühl (Gemüth) begabt, aber auch ein Mittel steht ihm zu Gebote, womit er vorzugsweise über sein Geistesleben nach Außen Kunde geben, womit er das Gedachte und Gefühlte äußerlich deutlich ausdrücken kann. Dieß Mittel ist die Stimme, welche wir sowohl artikuliren (Begriffssprache) als auch moduliren (Gefühls= sprache) können. Was wir sprechen, das sprechen wir so, daß immer die Art der Aussprache, die Betonungsweise Zeugniß von dem innerlich Empfundenen gibt; der Sprechton modulirt sich nach der Gemüthsbewegung und nach der Ergriffenheit des Herzens: die Sprache ist zugleich Wort und Ton.

Je mehr das Gemüth und Gefühl erregt wird, um so mehr steigert sich auch dieser musikalische Sprechaccent, ja den mannigfaltigen und verschiedenen Gemüthsbewegungen entspricht selbst eine ebenso mannigfaltige und verschiedene Modulation der Stimme und Sprache[1]); unter Umständen erhebt sich der pathetische Ausdruck zu eigenthümlich wechselnden Tonverbindungen, und der Ton wird Gesang, vorerst nur Naturgesang ohne äußere Regel= und Gesetzmäßigkeit. Dieser Naturgesang aber construirte sich nach und nach eigene technische Gesetze und ward regelrechter Gesang, Musik. Cantus est sonus formatus suavis, sagt der hl. Augustin.

2. Da nun die Religion die mächtigsten und erhabensten Gefühle in der Menschenbrust her= vorruft, in Bewegung setzt und unterhält, so erscheint es ganz natürlich, daß bei allen Völkern die gottesdienstliche Feier mit Gesang verbunden war. Dieser naturgemäßen Erscheinung konnte sich nicht das Judenthum, noch viel weniger das Christenthum entziehen, welches letztere ja das Menschenherz mit der größten Gewalt zu erfassen im Stande ist. Wie beim jüdischen Gottesdienste Gesang und Musik eine hervorragende Stelle einnahm, so fand auch beim christlichen Kultus sich der Gesang als natürlicher Ausdruck gesteigerter Gottesverehrung ein und ebendadurch als Mittel der Erbauung für den Sänger sowohl als für den Hörer; und umsomehr beim christlichen denn beim jüdischen Kultus, als bei jenem die ganze himmlische Wahrheit hereinleuchtete, die größten Geheimnisse an's Menschen= herz herantraten, der Kultus nicht blos einer furchtbaren Majestät, einem erhabensten Herrn gilt, sondern dem Gotte, der durch seine nunmehr offenbar gewordene unendliche Liebe alle Herzen mit unwiderstehlicher Gewalt erfaßt und zu begeisterter Gegenliebe entflammt.

3. So mußte insbesondere das Wesen des hl. Meßopfers als eines höchst würdigen An= betungsdienstes von je den gläubigen Theilnehmer in eine Stimmung tiefster Demuth und zugleich des erhabensten Aufschwunges versetzen, — der Dankesakt zu einer recht innigen, liebe= vollen Hingabe, — das Bittopfer zu einem vertrauensvollen Aufseufzen, — das Versöhnungs= opfer zu einer wehmüthigen und doch recht freudigen Ueberzeugung von der Vereinigung mit Gott stimmen. Diese mannigfachen Stimmungen des gläubigen Gemüthes müssen sich treu und natürlich im liturgischen Gesange abdrücken. Dieser kann nur ein Wiederhall und Ausdruck von jenen sein, gleichwie sich der Gedanke durch das entsprechende Wort und Wortgefüge offenbart: die erhabenste Opferthat kleidet sich in das entsprechendste Wort, und dieses ertönt ganz natürlich im erhebendsten Gesang.

III. Aufgabe und Zweck des Gesanges beim heiligen Opfer.

Die Verbindung des Gesanges mit der Liturgie hat nach dem eben Gesagten seinen natür= lichen Grund in dem bewegten Herzen, in den gesteigerten Gefühlen, welche die heil. Geheim-

---

litate et moribus certam cuique formulam præscribet. Interea vero episcopus non minus quam cum duobus canonicis . . . . . in iis, quæ expedire videbuntur, poterit providere."

[1]) Bei leidenschaftlich erregten Personen ist darum der Sprechvortrag stark modulirt, und wir wissen von den phantastereichen, leicht erregbaren Orientalen, daß ihre gewöhnliche Sprache musikalischer, besonders bei feierlichen Gelegenheiten wirklich singend ist.

niſſe in der gläubigen Seele wachrufen; denn da in dieſem Opfer der Gegenſtand der höchſten Freude, des vollſten Erſtaunens, des würdigſten Lobes, der innigſten Anbetung und Hingebung, ſowie der Grund des ſtärkſten Vertrauens, der tiefſten Demüthigung, die Quelle aller Gnaden vorhanden iſt, ſo läßt es ſich nicht anders denken, als daß die betrachtende Seele in beſtimmte gehobene Affekte eintritt, gleichſam in Schwingungen verſetzt wird, die ſich ſelbſt wieder offenbaren und äußern in den Schwingungen und Modulationen der tönenden Stimme, welche die ſeeliſchen Zuſtände ja nach außen offenbart. Da jedoch dieſe Affekte ebenſowenig als die Urſache derſelben vage und unbeſtimmt ſein können und dürfen, ohne Gefahr zu laufen, in tolle Schwärmerei auszuarten, ſo muß ſie der denkende Geiſt determiniren, d. h. an beſtimmte logiſche Formen binden, in Worte kleiden: das Subſtrat (Unterlage) des liturg. Geſanges muß das liturg. Wort ſein. Dieſes ſtellt ja ſprachlich und verſtändlich das Weſen der Liturgie dar, es drücken ſich in dem liturg. Worte Anbetung und Dank, Bitte und Verſöhnung abwechſelnd und ſo geeignet aus, daß dieſe Sprache möglichſt auch der Sache entſpricht. Es kommen darin die erhabenſten Wahrheiten und Thatſachen zu ſo deutlicher Vorſtellung, daß deren Beachtung auf das religiöſe Gemüth den tiefſten Eindruck zu machen im Stande iſt, den ſie aber auch machen wollen und ſollen. Freilich werden dieſe Wahrheiten im Ablaufe der Liturgie nicht ſo faſt wegen der Belehrung ausgeſprochen, als vielmehr um der Erbauung willen vorgetragen. Denn der Theilnehmer an der Liturgie ſoll bereits durch den nöthigen Unterricht in dieſe Wahrheiten und Thatſachen eingeweiht, ein Myſtes ſein, hier ſoll er das Weſen der Religion thatkräftig feiern, aus jenen Wahrheiten ſein Leben nähren und beleben. Daher ſoll der Chriſt, nicht der Prieſter allein, auf dieſen Dienſt der Anbetung und des Dankes, auf dieß Werk der Wiederverſöhnung ernſthaft eingehen oder zu lebendiger Theilnahme herbeigezogen werden. Jeder Chriſt ſoll den innigſten Antheil an der Opferhandlung nehmen, damit er auch der allſeitigen Früchte des Opfers theilhaftig werde, jeder ſoll wirkſam durchdrungen werden von der großen, heiligen und heiligenden That, die ſich da vollzieht; jeder ſoll alſo übereinſtimmen mit dem liturgiſchen Worte der Kirche, ſei es, daß er es mit Geiſt ſpricht oder mit Erhebung ſingt, ſei es, daß er das von Andern Geſprochene oder Geſungene mitjubelnd und mitdankend und mitbittend anerkennt und ſo ſelbſt zum Preiſe Gottes, zum Gebete erhoben wird.

Dieſe lebendige Theilnahme der ganzen chriſtlichen Gemeinde an der Liturgie, dieß Mitopfern iſt für das Verſtändniß des Zweckes der Muſik beim feierlichen Opfer von weſentlichem Belange. Denn in Berückſichtigung dieſes Momentes ergibt ſich mit Evidenz ein doppelter Geſichtspunkt, unter welchem der bezeichnete Zweck betrachtet werden kann: im Hinblick auf Gott, dem das Opfer dargebracht wird, bezweckt der muſikaliſche Ton die möglichſte Verherrlichung; mit Rückſicht auf die Gemeinde, vor welcher und für welche das Opfer gefeiert wird, bezweckt die liturgiſche Muſik die entſprechende Erbauung.

a) Die möglichſte Verherrlichung Gottes. Es unterliegt allerdings keinem Zweifel, daß die Ehre Gottes an ſich (ad intus), wie unermeßlich, ſo unveränderlich iſt; kein Geſchöpf kann ſie vergrößern oder verringern. Gleichwohl iſt jedes Geſchöpf ſchuldig, Gott die ihm gebührende Ehre nach ſeiner Art und auf's Vollkommenſte zu erweiſen. Es liegt dieß ſchon in der Natur des Verhältniſſes, in welchem das Geſchöpf zum Schöpfer ſteht; noch klarer erſcheint dieſe Pflicht Gott als dem höchſten, vollkommenſten Weſen gegenüber. Füglich kann dieſe Ehre, die dem höchſten Herrn und Schöpfer von allen Geſchöpfen mit Liebe und Dank, in Lob und Anbetung gezollt und dargebracht wird, die äußere Ehre (ad extra) oder Verherrlichung Gottes genannt werden.

Gott verlangt ſie, freilich ohne ihrer zu bedürfen, erinnert daran, der menſchlichen Vergeßlichkeit, Schwachheit und Verſunkenheit wegen, und er iſt gegen die Unterlaſſung derſelben nicht gleichgültig. „Wenn ich euer Vater bin, wo iſt meine Ehre?" (Malach. 1, 6.) Chriſtus inſinuirt den Eifer für dieſe Verherrlichung Gottes durch die Bitte: „Geheiliget werde Dein Name!" Die triumphirende Kirche verherrlicht Gott unausgeſetzt in Lob und Anbetung, die Heiligen des A. und N. Bundes fordern in ihren Schriften und Thaten zu dieſer Verherrlichung auf; alle Völker haben ihren Göttern äußere Ehre erwieſen. Es iſt ſomit dieſe Thätigkeit als ein Naturgeſetz zu betrachten, deſſen Vernachläſſigung niemals weder ein Recht begründen, noch ſtraflos bleiben kann.

Die höchſte Art der Verherrlichung Gottes iſt zweifellos das euchariſtiſche Opfer, ſowohl weil dadurch die Herrlichkeit Gottes auf das Vollkommenſte anerkannt, als weil darin die göttliche Macht und Liebe auf das Würdigſte ausgeſprochen und geprieſen wird.

Nun aber gilt bei allen Völkern Geſang und Muſik als etwas Ehrendes, als eine ganz ausgezeichnete Weiſe, Jemanden zu verherrlichen. Man beſingt die Großthaten berühmter Männer, man begrüßt mit feierlichen Fanfaren und muſikaliſchem Lärm die Fürſten und Krieger, die man ehren will, man bringt Serenaden und Ständchen vor den Fenstern Derer, die man festlich begrüßen will, allen Festen, Festlichkeiten, Belustigungen fügt man Musik als ein vorzügliches Ingredienz bei u. f. w. So ist eben die menschliche Natur beschaffen, und darum haben auch alle Völker ihre Götter mit Lobgesängen und mancherlei Musik geehrt, namentlich bei den feierlichen Opfern und religiösen Aufzügen.

Demnach ist es ganz natürlich, daß auch die Christen von je, nach dem Vorgange der Synagoge, nach dem Ausspruche des Apostels, ja nach dem Beispiele Jesu Christi beim Abendmahle selbst, bei den gottesdienstlichen Handlungen Gesang anwendeten, um Gott zu ehren und zu verherrlichen.

Es muß sohin Musik und Gesang im schwesterlichen Verbande mit den übrigen Künsten zur Ehre Gottes totis viribus (wie der heil. Justin analog sagt) mitwirken, und jene um so mehr, weil sie unmittelbarer mit dem Gefühle, mit dem Gedanken und Worte zusammenhängen, zumal mit den liturgischen Worten, welche so ganz von Anbetung, Lob und Dank gegen Gott gleichsam übersprudeln.

Faßt man das Verhältniß recht in's Auge, so treten Grund und Zweck der liturg. Musik ganz nahe, ja organisch zusammen: wie die Herrlichkeit Gottes als eigentlicher Beweggrund, so erscheint die Verherrlichung Gottes als Zweck. Denn wer mit empfänglichem Gemüthe die Herrlichkeit Gottes betrachtet, der spricht sich in dem Hymnus des Erstaunens und der Anbetung aus, und eben dadurch verherrlicht und preist er würdig die anbetungswürdige Majestät.

Es wird also Gott, der Allerhöchste, der große König, geehrt durch würdigen Gesang bei der Liturgie, es wird ein öffentliches und feierliches Zeugniß abgelegt, daß die christl. Gemeinde ihren Gott in aller möglichen Weise anbeten und verherrlichen will, erheben über alle Creatur, loben als den, der allein alles Lobes würdig ist, bekennen und anerkennen als den alleinigen Herrn und Erlöser, als Heiligmacher und Vollender; die christliche Gemeinde will ein Loblied auf Erden anstimmen, das im Himmel fortklingt und in ewiger Beseligung nie endet.

b) Die entsprechende Erbauung der Gemeinde. Ist schon die Liturgie an sich bestimmt, Gott durch das höchste Opfer die gebührende Ehre zu geben, zugleich aber das christliche Volk zu Gott und göttlichen Dingen, zum Gott gemäßen Denken und Wollen zu erheben, — zielen dahin alle Worte und Handlungen dieses heil. Actes: so muß dem melodischen Vortrage jener Worte offenbar der nämliche Zweck vorliegen. Ja, die Aufgabe zu erbauen scheint der melodischen (musikalischen) Behandlung des Wortes insbesondere zuzukommen. Denn die Worte allein und für sich vermögen gar häufig die Gemüther nicht so zu fesseln und zu bewegen, daß die ganze versammelte Gemeinde von dem blos erdhaften Streben ab- und zum höhern Trachten hingezogen, zum geistigen Mitopfern angeregt und angeleitet werde. „Das Gebet, auch noch so feurig in Worte gefaßt, vermag für sich nicht das kirchliche Liebesfeuer immer auch in den Herzen zu entzünden; noch weniger reicht das Wort aus, jene höheren, oft plötzlich so weit ausgreifenden und viel umfassenden Seelenzustände wiederzugeben, die in allen Thätigkeiten, zumal im eucharistischen Opfer, in so reicher Fülle und so rascher Aufeinanderfolge sich finden. In dem Gesange hat die Kirche das Mittel, auch die allerinnersten und unaussprechlichen Empfindungen auf das Zarteste vollkommen auszudrücken und mitzutheilen.“ [1] Der Gesang selbst aus dem religiösen Herzen kommend und zu Gottes Verherrlichung hintönend, bringt in die Herzen, regt sympathetisch die gleichtönenden Saiten derselben an und vermag sie gleichsam mit hinzuziehen zum Opferaltar Gottes, daß sie mitgeschlachtet werden für den Herrn — kurz, er erbaut.

Darum wird (nach Durandus. Rat. l. II. c. 2) „der Ton in der Liturgie zur Aufgabe haben, das Wort aus dem Geiste zum Herzen zu führen, die Verklärung der Erkenntniß zur Liebe anzubahnen, zu fördern, zu beschleunigen. Auch das Wort wecket die Liebe, aber durch den Gesang wird die Wirkung des Wortes gesteigert; die Herzen, welche durch die Worte nicht zerknirscht werden, sollen durch den Wohllaut des Gesanges in Bewegung kommen.“ [2]

Dieß hat auch stets die Kirche als besondere Aufgabe des Gesanges und recht eigentlich der Kunstmusik beim heil. Meßopfer festgehalten: Das liturg. Wort (Text) dem Gemüthe und dadurch dem Geiste annehmbarer, also anmuthiger und annehmlicher zu machen, es zu verklären, Sinn und Bedeutung fühlbarer zu machen. [3] Auf diese Weise tritt dann der Gläubige

---

[1] Amberger l. c. pag. 218. — [2] L. c.
[3] In Bezug auf den Gesang gilt auch das Nämliche, was das Concil von Trient über die Ceremonien der hl. Messe sagt: „quo et majestas tanti sacrificii commendaretur, et mentes fidelium . . . . ad rerum altissimarum, quæ in hoc sacrificio latent, contemplationem excitarentur.“ (Sess. XXII. d. sacrif. missæ, c. 5.)

leichter in den Geist der Kirche ein, wird in ihre Stimmung hineingezogen — erbaut. Der heil. Isidor v. Sevilla sagt (Lib. I. de offic. eccl. c. 5), man solle in der Kirche singen „damit diejenigen, welche die Worte nicht rühren, durch die Annehmlichkeit des Gesanges bewegt werden .... Denn alle unsere Affekte werden je nach der Verschiedenheit und Neuheit der Töne, wenn diese von einer sanften und gebildeten Stimme hervorgebracht werden, ich weiß nicht auf Grund welcher Verwandtschaft (familiaritate) stärker erregt." Papst Benedikt XIV. spricht seine Meinung hierüber in der Encyklika vom 19. Febr. 1749 deutlich genug aus, indem er auf obige Stelle des heil. Isidor neben anderen sich stützt.

So führt er §. 5. die Worte des Bischofs Johannes von Chartres an, daß die Anwendung von mehrstimmigem Gesange wie auch von Instrumenten zulässig sei, „um die Gemüther in religiöse Stimmung zu versetzen und die Herzen durch Begeisterung für das Gute zum Dienste Gottes zu entflammen." („Ad mores instruendos, et animos exultatione virtutis trajiciendos in cultum Domini") — §. 9. beruft er sich auf das Concil. Toletan. 1566: „Das, was in der Kirche bei der Feier des Gottesdienstes gesungen wird, muß so gesungen werden, daß es soviel wie möglich zum belehrenden Verständniß des Volkes gelangt, und durch den milden Ton der Frömmigkeit und Andacht die Gemüther der Zuhörer zum Lobe der göttl. Majestät und zum Verlangen nach himmlischen Dingen ermuntert werden." („Cum ea, quæ in Ecclesia cantantur ad Dei laudem celebrandam, eo debeant cantari modo, quo populi intelligentia, quantum fieri possit, erudiri valeat, et religiosa pietatis ac devotionis moderatione, piorum auditorum mentes ad divinæ Majestatis cultum et cœlestia desideria excitari queant"). In gleicher Weise sprechen sich auch die neueren Erlasse der kirchlichen Oberhirten aus.

Somit soll der liturgische Gesang die Gemeinde erbauen, zu Christus mit süßer Gewalt hinführen, in den rechten Opfergeist versetzen. Eben dadurch aber wird wieder indirekt die Verherrlichung Gottes gefördert, und es greifen alle diese Momente organisch in einander.

Wird die Frage aufgeworfen, welcher von beiden Zwecken (Verherrlichung Gottes oder Erbauung) bei der Kirchenmusik vorwalte, so glaube ich, daß man unterscheiden müsse. Ursprünglich betheiligte sich wohl die ganze Gemeinde (natürlich soviele davon überhaupt dazu fähig waren) am kirchlichen Gesange d. h. an der feierlichen Recitation eines Theiles des liturgischen Textes, wie auch jetzt noch an vielen Orten das Volk den liturg. Gesang beim Gottesdienste vollführt, und wie es in klösterlichen Gemeinden beim Officium stattfindet. In solchem Falle trägt der Gesang, welcher nach der Natur der Sache nur einfach sein konnte und kann, wesentlich und fast einzig den Charakter des Mitopfers und der Verherrlichung Gottes. Daß durch diesen allgemeinen Gesang sich die Einzelnen selbst und die Mitsingenden erbauen, ist nur eine natürliche, sich von selbst ergebende Folge. Jedoch bestanden in den christlichen Gemeinden, wie im alten Bunde, von jeher besondere Vorsänger und ein aus Klerikern gebildeter Chor.

Besondere Umstände nun z. B. das starke Wachsthum der christl. Gemeinden, die große Zahl derer, die zur ordentlichen Betheiligung am Gesange untauglich waren, besonders aber die Anwendung künstlicherer Choralgesänge und schließlich die Zulassung der harmonischen Musik, bewirkten nach und nach, daß die sonst von der ganzen Gemeinde ausgeführten Gesänge mehr oder minder ausschließlich an diesen Chor übergingen. Es bildete sich so ein eigentlicher Musikchor, die Singschule oder oft kurzweg die „Schule" genannt.

Dieser Chor, zum liturg. Körper gehörig und von der Kirche zu liturg. Zwecke bestimmt, sang und singt speziell Gott zu Lob und Preis, weil seine Thätigkeit an sich, untrennbar von der Liturgie, dasselbe bezwecken muß wie diese, also in erster Linie die Verherrlichung Gottes. Aber gleichwie die Liturgie selbst und insbesondere die Feierlichkeit derselben außer jenem ersten Zwecke auch noch Emporrichtung der Herzen, also die Erbauung der Gläubigen intendirt (Conc. Trid. sess. 22 de Sacrif. Missae c. 5.), so tritt auch beim Singen und Musiziren der Sängerschule das Moment der Erbauung insofern in den Vordergrund, als Rücksicht genommen wird auf die Gemeinde, vor der man singt. Diese Erbauung erscheint somit nicht blos als natürliche, sondern sogar als intendirte Folge, als nächster Zweck. Ist doch dieses vorzüglich der Kunstmusik eigen und in ihrem Wesen begründet, auf die Gemüther zu wirken durch die schönen Formen, mit welchen sie der kirchl. Stimmung Ausdruck verleiht, und durch die verschiedenen Tonmittel, mit denen sie so zart und ansprechend die Saiten des Herzens zu berühren versteht, ja sogar anstrebt. Und eben um dieser erbauenden Wirksamkeit willen ist sie ja auch, wie P. Benedikt XIV. sagt, von der Kirche zugelassen worden.

Diese Anregung und höhere Stimmung des Gemüthes geht von der Tonwelt der kirchlichen Kunstmusik auch unmittelbar aus, so daß sie selbst dann erbauend wirkt, wenn von dem Hörer das liturgische Wort nicht vollständig verstanden, sondern nur im Allgemeinen gewußt oder nur geahnt wird. Zudem hat sicherlich der kirchlich gesinnte Compositeur hauptsächlich dieses Absehen, daß er auch Hörer mit emporziehe und bestimme zum Lob und Preis Gottes. Demnach ist erster, höchster und eigentlicher Zweck der KMusik als eines Theiles des Gottesdienstes die Verherrlichung Gottes; die Erbauung erscheint als sekundärer Zweck, als Mittel zur Förderung des ersten Zweckes; oder mit anderen Worten: Die KMusik hat allein den Dienst Gottes, die Verherrlichung Gottes zum Zwecke, und zwar unmittelbar und mittelbar zugleich; unmittelbar, indem sie Gott nach kirchlicher Weise lobt, ihm dankt, ihn bittet und versöhnt; mittelbar, indem sie durch ihre Tongebilde die Hörenden zu diesem Lob und Preis Gottes mehr anregt, sie in die kirchliche Stimmung hineinzieht und zur innigeren Theilnahme am Gottesdienste auffordert und entflammt.

IV. Verfehlte Zwecke.

Zweck des liturgischen Gesanges (der lit. Musik) ist gewiß nicht 1) die Selbstverherrlichung des Componisten oder die Verherrlichung des Sängers oder Musikers oder irgend eines Mitwirkenden.

Der Compositeur schon hat zu trachten, daß er bei seiner Arbeit sich die obengenannten Zwecke aufrichtig vorsetze und, wenn auch mit Anwendung aller ihm verliehenen Geisteskraft und aller erworbenen Kunstfertigkeit, doch nicht deßhalb componire, um ein bloßes Kunstprodukt zu schaffen, sich den Beifall der Menschen oder gar bloß möglichst großen Gewinn zu erringen; honneur und Honorar darf nicht Zweck sein. Ebensowenig soll er sich zum Sklaven anderer Menschen machen und seine Kunst verwenden für die Kehle oder die Finger dieses oder jenes Künstlers, für den etwa ein Solo oder eine Bravour-Arie aufgelegt werden soll. Solcherlei blos menschliche und niedrige Rücksichten entkleiden eine Meßcomposition schon von Anfang an des kirchlichen und liturgischen Charakters, weil dadurch nicht Gott, sondern nur der Mensch verherrlicht werden soll und werden wird. Das Nämliche gilt von dem exekutirenden Personal. Es darf schon keine Composition gewählt werden, worin die menschliche Verherrlichung so sehr zu Tage tritt oder gar leicht gefördert wird, und soll auch der Vortrag des liturgischen Musikstückes mit aller zu Gebot stehenden Musikbildung würdig vorgetragen werden, so ist doch bestimmt alles blos Affektirte und alle Sucht nach menschlichem Beifalle zu vermeiden. Der Applaus gehört in's Theater und in den Concertsaal.

Eine feinere Menschenverherrlichung steckt auch darin, daß mitunter wegen des celebrirenden Priesters oder eines anwesenden Gastes hauptsächlich musizirt wird, womit aber nicht der vernünftige Gebrauch getadelt werden will, daß bei höhern Festlichkeiten und Anlässen auch die Kunst in erhöhter Weise, aber zur Verherrlichung Gottes und zur höheren Belebung des Dankes und der Anbetung beitragen soll.

Eine besondere Gefahr, den rechten Zweck aus dem Auge zu verlieren, ist 2) das übergroße Streben nach Kunst oder das Streben nach bloßer Künstlichkeit, wobei eigentlich die Kunst der Hauptzweck wird. Die Tonwelt wird nicht selten so sehr berücksichtiget, daß die Gedanken- und Gefühlswelt darin untergeht. Vor übermäßiger Kunst kann das liturg. Wort, das doch durch die Töne soll annehmlicher und eindringlicher gemacht werden, gar nicht mehr zum Verständniß kommen: der Tonschwall und die sublimen harmonischen und contrapunktischen Verschlingungen lassen den Text und seinen Inhalt nicht mehr hören und erfassen. Gegen dieses Ausarten der wahren Kunst, gegen diese Rücksichtslosigkeit für den eigentlichen Zweck, wobei nur der Verstand einiger weniger Kunsterfahrnen Vortheil ziehen kann, mußte schon das Tridentinum sich aussprechen; und es ist klar, daß die Volltönigkeit der Instrumentalmusik heut zu Tage meist noch mehr Gefahr für den Zweck bringt, als die bloßen kunstvollen Verschlingungen der Singstimmen.

Also Verherrlichung des Menschen und bloße Kunst darf nicht Zweck sein; ebensowenig 3) die sinnliche Ergötzung. Allerdings ergötzt und erfreut die Musik an sich schon den Menschen und hat auf das niedere Gefühlsleben stets einen erregenden Eindruck. Es kann und soll auch von der liturgischen Musik dieser Einfluß nicht ausgeschlossen werden, weil diese Sphäre eben mit zum menschlichen Leben gehört und an sich nicht geradezu Verwerfliches darbietet, sondern vielmehr eine Stufe zum höheren Gefühlsleben sein soll. Außerdem wird kaum eine Composition möglich sein, die stets und unmittelbar nur allein das religiöse Gefühl anzuregen und zu befriedigen im Stande sein wird. Allein in die sinnliche Ergötzung darf nicht der Zweck verlegt werden, die kirchliche Tonkunst muß immer pflichtmäßig höher trachten, über die sinnliche Welt und den bloßen Sinnengenuß zu erheben suchen, das »sursum corda« nicht allein ermöglichen, sondern möglichst bewerkstelligen, kurz — sie muß wirklich erbauen, nicht blos ergötzen. Hat ja die Tonkunst selbst ihre Bestimmung nicht erfüllt, wenn sie nur roh sinnliche Ergötzung, nur Belustigung der Ohren und des niedern Gefühls bietet und erreicht, wenn der Töne buntfarbiger Wellenschlag nur die Leidenschaften erregt, das Rohere im Menschen fördert und erfreut. Muß ja doch die Tonkunst vom blos ästhetischen Standpunkte aus betrachtet, die Gefühle zu veredeln, das Wilde zu bändigen, „die Steine zu bewegen", Höheres im Menschen zu entflammen, zum wahrhaft Schönen und Guten zu erheben trachten. Um wie vielmehr muß dieß die religiöse Kunst, wenn sie ihrer hohen Stellung wirklich entsprechen will. Daher hat ein kirchlicher Componist, welcher weiter nichts als artige, genußreiche, angenehme, die Ohren kitzelnde, ergötzende, wenn auch kunstreiche Concertstücke für die Liturgie hervorzubringen weiß, seiner Aufgabe bei weitem nicht genügt; und was wohl sehr gut für den Tanzsaal, für's Theater u. s. w. ist und da mit gerechtem Beifall aufgenommen wird, paßt noch keineswegs für die Kirche. Demnach kann alles Komische, Triviale, blos Spielende, alles nur allein oder zu sehr den Sinnen Schmeichelnde in der liturgischen Musik keine Anwendung finden. Und gilt dieß von der Composition, so gilt es ebenso sehr von der Art des Vortrages, von dem das Süßliche, Einschmeichelnde, Weibische, wie auch alles Rohe, Tobende, wild Aufregende fern zu halten ist. „Solche Musik, welcher, sei es Orgelspiel oder Gesang, etwas Leichtfertiges oder Unreines beigemischt ist, müssen die Bischöfe von der Kirche abhalten." (Musicas eas, ubi sive organo sive cantu lascivum aut impurum aliquid miscetur, arceant. Trid. sess. 22. de observ. in cel. Miss.)

V. Eigenschaften der liturgischen Musik.

Da es Aufgabe des Tons in der Liturgie ist, das Wort zu erklären und zu verklären, und beide mitsammen, Ton und Wort, den Gesang bilden, so müssen beide Faktoren in Betracht gezogen werden.

1. In Bezug auf das Wort (Text) geht die natürliche Forderung dahin, daß a) nur das liturgische Wort gebraucht werde; ohne das liturgische Wort gibt es keinen liturgischen Gesang. Die Liturgie ist von der Kirche fest bestimmt, und alles ist von ihr darin mit großer Weisheit geordnet worden. Von ihrem göttlichen Stifter hiefür autorisirt, kann sie nicht zulassen, daß etwas ohne ihre Zustimmung nach Willkür geändert werde.

In der jedem Missale vorgedruckten Approbationsbulle Pius V. heißt es: „Diesem Missale, welches Wir neulich herausgaben, darf nichts hinzugefügt, auch darf nichts davon weggelassen oder verändert werden ... So bestimmen Wir durch diese Unsere Verordnung, welche für immer Geltung hat. Wir befehlen ferner strenge allen Patriarchen (und Vorstehern . . . . .) der genannten Kirchen, daß sie in Zukunft die Messe nach dem Ritus, nach der Weise und Vorschrift, wie es durch dieß Missale von Uns festgestellt ist, lesen und singen, und sich nicht herausnehmen, bei der Feier der hl. Messe andre Ceremonien oder Gebete, als die, welche in diesem Missale enthalten sind, beizufügen oder zu gebrauchen." (»Huic Missali nostro nuper edito nihil unquam addendum, detrahendum aut immutandum esse . . . . . hac nostra perpetuo valitura constitutione statuimus et ordinamus. Mandamus ac districte omnibus et singulis Ecclesiarum prædictarum Patriarchis etc. etc. in posterum Missam juxta ritum, modum ac normam, quæ per Missale hoc a nobis nunc traditur, decantent et legant: neque in Missæ celebratione alias ceremonias vel preces, quam quæ in hoc Missali continentur, addere vel recitare præsumant.«) Die geistlichen Oberbehörden aber gestatten, wenn eine Composition über einen zutreffenden liturgischen Text (Graduale, Offertorium) nicht zu haben ist, einen andern, jedenfalls mit der Liturgie des Tages übereinstimmenden Text zu nehmen, wenn man nicht lieber den ordentlichen Text im Choral ausführen will. Innozenz XII.; Verordnung von Bischof Valentin von Regensburg d. d. 24. April 1857.[1])

Welcher Unsinn ist in dieser Beziehung schon zu Tage gefördert worden, wo immer man den liturgischen Text verließ! Ich erinnere an die Textmengerei des Mittelalters, an den Versuch der neueren Zeit, Stillgebete des Priesters zu componiren, an die so häufig vorkommende Einschaltung eines deutschen Marienliedes in die lateinische Messe an Festtagen des Herrn, an die sogenannten Einlagen (ein sehr ungeschickter, der Bühne entlehnter Name für Offertorium!), welche, meistens Arien und Solo-

---

[1]) Vgl. G. Jakob, die Kunst im Dienste der Kirche (2. Auflage, Landshut) pag. 343 ff.

ſtücke, wegen eines anweſenden Künſtlers angewendet werden ohne Rückſicht auf den Text; hieher ge=
hören auch die Gradualia und Offertoria „pro omni tempore“.

Dann muß b) das liturgiſche Wort ganz und deutlich geſungen werden. Wie der Cele=
brant gehalten iſt, alles zu beten und zu thun, was das Miſſale vorſchreibt, ſo obliegt auch dem Chore
die Pflicht, alles zu ſingen, wie es die Liturgie fordert (und den Componiſten, alles ohne Verſtümm=
lung zu componiren!) d. h. den vollſtändigen Text, den das Miſſale hierzu enthält und für jede Meſſe
vorſchreibt. Benedikt XIV. ſagt in ſeiner bekannten Encyklika: „Bei dem Kirchengeſange iſt vor=
züglich Sorge zu tragen, daß die Worte vollkommen und deutlich verſtanden werden, da der Geſang
in die Kirche aufgenommen iſt, um die Gemüther zu Gott zu erheben, wie der heilige Iſidor lehrt.
Dieß kann aber nur ſchwer erreicht werden, wenn man die Worte nicht hört.“ Auch das Mailän=
der Provinzialconcil von 1565 und viele kirchliche Erlaſſe der Neuzeit ſchärfen es ein. Da der Text
(Wort) die Unterlage des Tons (Melodie) iſt, und der Ton das Wort verdolmetſchen und ſeine Be=
deutung eindringlich machen ſoll, ſo iſt es natürlich, daß man die Textworte deutlich hören muß. Beim
heiligen Meßopfer genügt es noch nicht, eine allgemeine religiöſe Stimmung, welche einer vagen Er=
bauung gleicht, anzuregen, es bedarf hier ausgeprägter Stimmungen, wofür eben die liturgiſchen Worte
beſtimmend ſind; das iſt dann kirchliche Erbauung, wenn ſolches durch die Muſik bezweckt wird.

Was iſt es dann mit jenen Gläubigen, welche nicht lateiniſch verſtehen? — Jeder katholiſche
Chriſt, welcher in ſeiner Religion wohl unterrichtet iſt, kennt die Theile der heiligen Meſſe genau und
vermag mit der gehörigen Stimmung, mit den paſſenden Gefühlen ihnen zu folgen; die Muſik erhöht
dann dieſe Diſpoſition. Uebrigens weiß faſt jedes Kind, was die vorzüglichſten Texte (Kyrie elei=
ſon, Sanctus etc.) heißen, und das Concil von Trient will, daß die Prieſter den Gläubigen das
liturgiſche Wort oft erklären;[1]) überdieß iſt jetzt gar kein Mangel an kirchlich approbirten Unterrichts=
und Gebetbüchern, welche eine genaue Ueberſetzung, ſelbſt mit beigefügtem lateiniſchen Texte geben. Auch
bezüglich der wechſelnden Texte (Introitus, Graduale u. ſ. w.) iſt es nicht unmöglich, ſich das ge=
hörige Verſtändniß für die Feſtſtimmung, die ſie ausdrücken, anzueignen.[2])

Gegen dieſe zweite Forderung fehlen aber die Componiſten ganz beſonders, welche namentlich
den Gloria- und Credo-Text beliebig verkürzen und verſtümmeln, und die Chorregenten, welche dieſe
Verſtümmlung unterſtützen und in ihrer Weiſe üben.

2. Für den Ton ſtellen ſich die Eigenſchaften alſo heraus: a) Der Geſang ſei erhaben;
— das Wort, womit der Ton ſich verbindet, iſt erhaben, es iſt Gottes und der Kirche Wort; die
Handlung, welche er zu begleiten hat, iſt unendlich erhaben, es iſt der Verkehr mit der Majeſtät
Gottes, die Feier des erhabenſten und heiligſten Geheimniſſes; ohne die Eigenſchaft der Erhabenheit
iſt der Ton ein lügenhafter Interpret des Wortes, ein Verführer der Seelen, iſt die Muſik eine
Verſündigung am Heiligſten. Bei der Theilnahme an dieſem Opfer ſoll die Seele mit den heiligſten
Gedanken und Gefühlen erfüllt ſein, und daß dieß umſomehr ſtattfinde, muß der Geſang (Muſik)
heilig und erhaben ſein, ſtammend aus einem Herzen, welches von gleichen Gefühlen durchdrungen iſt.
Erhaben und würdevoll iſt dann auch die ganze Meßliturgie vom bedeutendſten bis zum unſchein=
barſten Gliede, an welcher Eigenſchaft der Geſang theilnehmen muß, um den Organismus, dem er
eingereiht iſt, nicht zu ſtören.

Die Erhabenheit läßt ſich nicht wohl definiren, aber von ihrer äußeren Erſcheinung kann man
ſagen, daß ihr vor allem Würde innewohne d. i. das verhältnißmäßige Hervortreten der Kraft und
Hohheit, des Geiſtigen über dem Sinnlichen, und daß ihr ferner Ruhe und heiliger Ernſt eigen
ſei. Sie kann nicht beſtehen ohne Einfachheit, vornehmlich in den Grundzügen, nicht ohne Be=
deutſamkeit und Innerlichkeit, d. h. auf die KMuſik angewendet, es muß der Ton zu den
Worten paſſen, die rechte Stimmung ausdrücken und fördern, und ſeine Gebilde in einfachen, großen
und klaren Zügen zeichnen; denn Einheit und Uebereinſtimmung von Wort und Ton iſt ja die
Grundbedingung.

Formell zeigt ſich die Erhabenheit hier in den größern Dimenſionen der angewandten muſika=
liſchen Mittel: in gemeſſenem Schritt und Tempo, in klaren und reinen Intervallen, in größeren
Tonquantitäten, wenigſtens in den Fundamenten und Melodien, im kräftigen Ausdruck und Vortrag,
aber nicht immer in Anwendung größerer Tonmaſſen. Doch ſind das nur äußerliche Dinge, welche
das Weſen der Erhabenheit noch keineswegs bilden; ohne erhabenen Geiſt führen die äußerlichen

---

[1]) Concil. Trid. sess. XXII. d. sacrif. Missæ c. 8.
[2]) Der hl. Thomas von Aquin ſagt in ſeiner Summa (2. 2. quæst. 91. art. 2): „Sind auch unter den Zuhörern
einige, die (aus Unkenntniß der Sprache) nicht verſtehen, was man ſingt, ſo wiſſen ſie doch, daß man zum Lobe
Gottes ſingt, und dieß genügt zur Anregung der Andacht.“ Ganz dieſem ähnlich ſprach ſich ſchon der hl. Auguſtin aus.

Formen zu nichts Genügendem, nicht selten gelangt man damit zu unerquicklicher Monotonie, zu schwerfälligen, steifen und abstoßenden Gebilden.

Der Erhabenheit und würdevollen Ruhe thut großen Abbruch die leidenschaftliche Erregtheit, welche der ganzen Liturgie und überhaupt gläubiger Andacht fremd ist; diese kennt wohl Leben und Bewegung, aber weder exzessive Freude noch exzessive Trauer. Im Verkehre mit Gott darf sich ebensowenig Leidenschaftlichkeit einmischen, als man es auch sonst für unanständig hält, mit einem irdischen Fürsten in Aufgeregtheit zu sprechen, mit Heftigkeit ihm seine Sache vorzutragen.

Entgegengesetzt der Erhabenheit ist alles Kleinliche, Gemeine, Spielende und Tändelnde, alles rasch Wechselnde, Leichtfertige und rasch Bewegliche oder nur auf äußeren Sinnenreiz Abzielende. Das Concil von Trient sagt daher: „Von den Kirchen sollen fern gehalten werden jene Musiken, bei denen, sei es durch das Orgelspiel, sei es im Gesange, etwas Leichtfertiges und Wohllüstiges eingemischt sich findet.“ [1]) Demnach passen für's Haus Gottes keineswegs kleinliche, nichtssagende, triviale, ohrenkitzelnde Melodien und Harmonien, flüchtige Figuration, Notenfiguren vom kleinsten Werthe, scharfe Rhythmen, jagende Tempo, spielende, tändelnde Begleitung, ungehörige Detailverzierung, viele Chromatik und starker Dissonanzenverbrauch u. s. w.

b) Für's Zweite muß der KGesang auch mit Anmuth geschmückt sein. Diese Eigenschaft beruht auf der Aufgabe des liturgischen Gesanges, das Wort und seine Bedeutung dem Herzen annehmlicher und eingänglicher zu machen. Anmuth ist das gefällig Ansprechende, das sanfte, milde und harmonische Ineinanderfließen der Formen, welches das Gefühl des Angenehmen, der Liebe und Freudigkeit weckt und eigentlich zum Gemüthe spricht. Chrodegang sagt in seiner Regel: „Ihre Sangesweise soll die Gemüther des umstehenden Volkes zur Erinnerung und Liebe himmlischer Dinge nicht blos durch die Erhabenheit der Worte, sondern auch durch die Anmuth des Tones erheben, womit dieselben vorgetragen werden.“ [2])

Mit der wahren Anmuth, welche stets edel ist, darf nicht das Einschmeichelnde, Ohrenkitzelnde, sinnlich Reizende, nicht sentimentale Weichheit und weibisches Wesen verwechselt werden, was sowohl in der Composition als auch im Vortrage zu Tage treten kann. Anmuth, auf Adel, Reinheit und Wohlklang der Melodie und Harmonie, auf schöner Abrundung der Formen beruhend, kann sich mit der Erhabenheit ganz gut vertragen. Erhabenheit ohne Anmuth ist erdrückend und abstoßend, das soll aber durch die Kirchenmusik nicht bewirkt werden; Anmuth ohne Erhabenheit wird zu sinnlich reizendem Formenspiel ohne Bedeutung und Innerlichkeit, was der Aufgabe der Liturgie ebenfalls ferne liegt, und Geist und Gemüth von den großen Ideen des Cultus ablenkt. [3]) Man vergleiche Compositionen von Palästrina, Vittoria, Hasler u. a. mit Benedictus-, Et incarnatus-, Agnus-Dei-Compositionen aus der neueren Zeit, und man wird Obiges begreifen.

Beide Grundformen des Schönen, Erhabenheit und Anmuth, müssen sich auch in der kirchlichen Tonkunst einigen, und jede derselben bald mehr bald minder hervortreten, nach Maaßgabe des Gegenstandes d. h. nach der jeweiligen liturgischen Bedeutung und Beziehung des Musikstückes. [4])

VI. Gattungen der Kirchenmusik.

Nachdem im vorhergehenden Abschnitte die Eigenschaften der Kirchenmusik erörtert worden sind, muß noch die Frage in Erwägung genommen werden, welche von den Gattungen der Musik zum Dienste der Liturgie, in specie zum Dienste beim liturgischen Hochamte zulässig sei. Der Choral kömmt hier nicht in Betracht [5]), da er der eigentlich liturgische Gesang ist, seine Melodien von der Kirche selbst fixirt, approbirt, theils vorgeschrieben, theils eifrigst empfohlen sind. Der Cäcilienverein wollte unzweifelhaft, als er diese Preisfrage ausschrieb, im Einklang mit dem

---

[1]) Concil. Trid. sess. XXII.

[2]) Der hl. Augustin sagt vom Kirchengesange seiner Zeit: „Wie sehr weinte ich bei Deinen Hymnen und Gesängen, gewaltig bewegt durch die Stimmen Deiner in süßer Harmonie erklingenden Kirche! Jene Stimmen drangen in meine Ohren, und Deine Wahrheit träufelte in mein Herz und daraus entflammten die Gefühle der Frömmigkeit, und es flossen die Thränen, und mir war wohl!“ (Confess. l. 9. c. 6.)

[3]) Der heil. Augustin rechnet sich das Schwelgen in der Süßigkeit des Kirchengesanges zur Sünde an. (Confess. l. 10. c. 33.)

[4]) Wenn ich in diesem Abschnitte hauptsächlich nur vom „Gesange“ gesprochen habe, so gilt dieß eben nur im Allgemeinen; der Gesang muß in der Kirchenmusik die Hauptsache sein und bleiben. Die Instrumentalbegleitung hat ornamentalen Charakter und muß demgemäß natürlich an den Eigenschaften des Gesanges theilnehmen; auch dann, wenn die Instrumente selbstständiger auftreten, wie z. B. die Orgel bei den Präludien, dürfen sie die genannten Eigenschaften nicht hintansetzen.

[5]) Man sehe Witt's „Fliegende Blätter f. kath. K.-M.“ 1869, pag. 110.

liturgischen Sprachgebrauche, wornach unter Cantus und Cantores lediglich der Choral und die Choralsänger, unter Musica und Musici die Kunstmusik und die Musiker zu verstehen sind, auch nur letztere behandelt wissen. Das deutsche Kirchenlied ist nicht für's Hochamt bestimmt, auch richtet sich die Frage auf den Musikchor, darum bleibt auch dieses hier außer Beachtung.

Die Kunstmusik faßt nur zwei Gattungen in sich, welche auf den katholischen Kirchenchören das Bürgerrecht sich erworben haben oder es in Anspruch nehmen:

    a) Die polyphone figurirte Gesangmusik der älteren und neueren Zeit;

    b) die Instrumentalmusik.

Diese zwei Gattungen hat der Cäcilienverein in sein Programm aufgenommen, denn beide hat die Kirche neben dem Chorale zugelassen. Die polyphone Vokalmusik, besonders nach dem Muster der Palästrinischen Papæ Marcelli-Messe, wurde direkt begutachtet und durch Aufnahme und beständige Pflege in der päpstlichen Kapelle sanktionirt; der Instrumentengebrauch hat allerdings eine solche Sanktion nicht erlangt, aber es wurde ihm Duldung unter gewissen Bedingungen gestattet.

Unter diesen Umständen, da beide Musikgattungen, die eine gebilligt, die andre geduldet, in Uebung sind, kann es sich nicht mehr darum fragen, ob sie angewendet werden dürfen, sondern: wie sie zu gebrauchen sind, unter welchen Bedingungen ihre Verwendung dem Willen der Kirche gemäß und der Liturgie entsprechend sein wird.

Kunst ist freies Schaffen des Menschen, eine der edelsten Gaben, die ihm Gott der Herr verliehen hat, und welche der Mensch dem Willen Gottes gemäß und für ihn benützen soll. Als Gabe Gottes hat die Kirche die Kunst jederzeit respektirt, gepflegt, ihr Vorschub geleistet, ihr die höchsten Aufgaben ermöglicht, aber auch durch weise Einschränkung auf die edelsten Bahnen geleitet und darauf erhalten. Alle Kunst aber findet ihre Richtschnur und ihre Schranken durch den Zweck, wozu sie verwendet wird, darnach muß sie dann ihre Mittel ergreifen. Die musikalische Kunst in der Kirche findet deßhalb auch ihre Normative und Schranken in dem Wesen und der Heiligkeit der gottesdienstlichen Handlungen, denen sie zu dienen hat. Unter diesem Gesichtspunkte sind denn auch alle Aussprüche und Verordnungen der Kirche über die Compositionen in beiden Musikgattungen zu beurtheilen; Niemand weiß besser zu beurtheilen, was der Heiligkeit des Gottesdienstes ziemt, als die Kirche.

a. Die polyphone Gesangsmusik.

Die polyphone (hier im Sinne von „mehrstimmig" genommen) Gesangsmusik konnte mit dem altehrwürdigen Chorale in die Schranken treten. Neben dem natürlichen Gesange, wie der Choral hin und wieder bezeichnet wird, weil er in natürlichster Weise ohne Hemmniß des messenden Rhythmus und der einschränkenden Harmonie den einfachen Gemüthsgehalt und die Gefühls- und Herzensbewegungen in melodischer Tonfolge zum analogen Ausdruck bringt, durfte sie sich als Kunstmusik anempfehlen. Denn dieselbe bedient sich des gleichen Organs, des unmittelbarsten, das der Mensch zum Ausgießen seines Inneren hat, der Stimme. Alle andern musikalischen Organe, d. h. die Instrumente sind nur mittelbare Organe der Tonerzeugung gegenüber der menschlichen Stimme und vermögen nicht, was diese, zu leisten — für kirchlichen Zweck. Diese Unmittelbarkeit sicherte der künstlichen Vokalmusik vor allem die endlich erfolgte Billigung der Kirche.

Schreitet auch diese Gattung in der Regel nicht in solch natürlichem Fluße des Ausströmens der Gefühle fort, so ungehemmt wie der Choral, weil eingeschränkt durch die Mensur oder den Takt und den symmetrischen Rhythmus, scheint sie deßhalb hinter dem Chorale zurückzustehen, so vermag sie diesen Mangel auf der andern Seite durch breitere Auseinanderlegung und Entwicklung der einfachen Gefühle und durch den Schmuck der Harmonie (Figuration ist auch dem Chorale eigen) wieder aufzuwägen.

In solcher Beziehung erweist sie sich vollkommen für kirchliche Zwecke geeignet. Jedoch erscheint sie in verschiedenen Stylarten und Formen, welche nicht alle gleichen Werth für den liturgischen Gebrauch haben. Man unterscheidet einen strengen und einen freien Styl und in jedem entweder eine einfache Harmonie oder einen künstlichen Contrapunkt.

Der strenge (alte) Styl vermeidet nach den strengen Satzregeln der alten Meister die frei eintretenden dissonirenden Akkorde ganz oder doch möglichst, wendet Dissonanzen nur im regelmäßigen Durchgange und gebunden, mit gehöriger Vorbereitung und Auflösung an, liebt die Diatonik und macht von der Chromatik gar keinen oder nur sehr bescheidenen Gebrauch u. s. f.

Der freie (moderne) Styl kümmert sich um alle diese Einschränkungen nicht, vielmehr nimmt er den freiesten Dissonanzgebrauch in Anspruch und liebt Chromatik und Enharmonik.

Jede von diesen beiden Stylarten kann in einfacher (gleichzeitiger) Harmonie auftreten, indem die Stimmen fast stets miteinander beginnen und verklingen, mit einander die nämlichen Worte und Silben aussprechen u. d. gl. Beide können aber auch einen künstlichen Contrapunkt oder fugirten Satz in Anwendung bringen, welcher sich bis zum Canon und zur Fuge ausbildet.

Man muß, um nicht verwirrt zu werden, an dem oben gegebenen Begriffe vom strengen Style festhalten, sei es, daß er sich der einfachen Harmonie oder des künstlichen Contrapunktes bedient, während manche Neuere unter strengem Style nur die höheren Kunstformen der Imitation, des Canons, der Fuge, den sog. gebundenen Styl, gleichviel ob er sich an die alten strengen Regeln der Composition hält oder nicht, verstehen. Was nun die künstlichen Formen des Contrapunktes u. s. w. anbelangt, so steht es wohl nur in dem künstlerischen Ermessen eines Meisters, sie am rechten Platze zu verwenden; hierüber Regeln geben zu wollen, hieße die Kunst in die Zwangsjacke stecken. Was sich darüber sagen läßt ohne Beeinträchtigung der Kunst, folgt später; hier muß nur über die Anwendbarkeit der beiden Hauptstylarten gesprochen werden.

Nun ist es aber gewiß der strenge (alte) Styl, welcher besonders zur Liturgie paßt, da er durch Ausschluß der freien Dissonanzen einen gewissen Ernst und eine besondere Würde bewahrt, auch durch Einhaltung der Diatonik dem weichlichen Wesen, welches mit der Chromatik so gern sich verbindet, vorbeugt und einen männlichen, den festen Glauben symbolisirenden Charakter sichert. Auch wo er sich der Modulation des neuern Tonsystems bedient, ist er durch Anwendung der Compositionsregeln der bewährtesten alten Meister gegen Verfallen in profanes und sinnliches Wesen mehr geschützt. Die contrapunktische und fugirte Setzart, welche diesem Style besonders eigen ist, gewährt auch noch den Vortheil, die Einheit festzuhalten und dem Unglücke zu entgehen, lose Gedanken und momentane Einfälle ohne logischen Zusammenhang aneinander zu reihen.[1] Freilich wird einige Meisterschaft erfordert, um über der kunstreichen Form den geistigen Inhalt nicht zu verlieren, große Selbstbeherrschung, um unter technischer Kunstfertigkeit nicht den Geist zu begraben, stete Berücksichtigung des Zweckes, um nicht blos den Verstand durch künstliche Combinationen zu ergötzen, sondern auch dem Herzen angenehme Nahrung zu bieten. Diese äußere Kunstfertigkeit artete im 15. und 16. Jahrhundert so sehr in Spielereien und Unzukömmlichkeiten aus, daß die Väter des Concils von Trient schwere Anklagen gegen diese Compositionsweise erhoben, bis Palästrina durch seine herrliche Messe P. Marcelli bewies, daß bei strengster Einhaltung der Regeln und Aufbietung aller wahren Kunst (die eben bei wenigen Mitteln sich groß zeigt) den Anforderungen an wirklich kirchliche Musik Genüge geschehen könne. —

Der sogenannte freie Styl nach obigem Begriffe nimmt für den liturgischen Gebrauch eine weit ungünstigere Stellung ein, insoweit er von allen Lizenzen Gebrauch machen will und dadurch das Markige, Kräftige, angenehm Ernste, das von dem strengen Style leicht erreicht wird, einbüßt, so daß seine Compositionen gewöhnlich an matter Schwäche, leidenschaftlicher Tonmalerei, affektirtem und mehr oder minder profanem Wesen kränkeln. Die viele Chromatik und Dissonanzensucht, welche besonders durch die sogenannte Zukunftsmusik und die vorangehende Periode der Flachheit emporgekommen ist, hat in neuerer Zeit wirklich Staunenswerthes geleistet, wogegen z. B. die Haydn'schen Messen noch ernst und ascetisch genannt werden können. Solch neuer freier Styl paßt für die Kirche nicht, er muß seine Auswüchse zurückschneiden und die Lizenzen auf ein sehr bescheidenes Maaß bringen, um der Liturgie wieder dienlich zu sein. Denn die volle Emanzipation von allen strengeren Satzregeln hat stets die Ungebundenheit des Ausdruckes, Leichtfertigkeit, Weltlichkeit oder Schwärmerei im Gefolge, es kommt dabei nicht mehr auf den kirchlichen Ausdruck an, sondern das Ziel sind nur reizende Melodien, pikante Harmonien, ohrenkitzelnde Modulationen, auffällige Rhythmen, wie sich solche allenfalls für Versammlungen von Schwärmersekten, nicht aber für das göttliche Lob in der katholischen Kirche eignen. Daß hiemit der freiere Styl an sich nicht verworfen werden will, brauche ich nicht zu erinnern; nur das füge ich bei, wer nicht den strengen Styl ernstlich studirt und geübt hat, wird all den bezeichneten Gefahren und Auswüchsen des freien Styles nicht entgehen. Faßt man das Gesagte zusammen, so ist ersichtlich, daß der strenge Styl für kirchliche Zwecke unbedingt vorzuziehen sei, da er nicht blos in seinem langen Bestande seine Probehaltigkeit bewiesen hat, sondern auch in seinem Wesen mehr Garantien, als sein Nebenbuhler, dafür bietet, daß die der kirchlichen Musik nothwendigen Eigenschaften gewahrt werden.

---

[1] „Die Polyphonie (d. i. die künstlich contrapunktische Weise der alten Meister) reinigt, vermöge der strengen Zucht der Form, die Empfindung von jedem trübenden Zusatz subjektiver Elemente und theilt dem Ausdruck die ernste Würde und das edle Maaß mit, welches Ort und Anlaß erheischen u. s. w." Cäcilia (Red. Oberhoffer) 1862. Nro. 9.

Es erübrigt noch, die Intentionen kennen zu lernen, welche die Kirche bezüglich der polyphonen Gesangscompositionen hat. Sie hat dieselben nicht direkt und speziell ausgesprochen, aber sie lassen sich auffinden aus den allgemeinen Aussprüchen derselben, und aus der Geschichte der Missa Papae Marcelli, welche als Muster dasteht, demgemäß aus ihr selbst ableiten. Denn die Commiffion, welche von Papst Pius IV. eingesetzt wurde, um die Reinigung der kirchlichen Musik nach dem Willen des Concils von Trient zu betreiben, und welche den Meister Paläftrina zur Composition einer entsprechenden Meffe aufforderte, hatte sich vorerst über bestimmte Grundsätze geeinigt. Alles in Allem genommen laffen sich die daraus gewonnenen Regeln und Principien etwa folgendermaffen formuliren:

1. Die Melodien oder Themate seien edel, der Kirche würdig, der Liturgie angemeffen; es sei ihnen nichts Weltliches, Leichtfertiges oder Wohllüftiges beigemischt;[1]
2. gleiche Eigenschaften müffen auch die Harmonie und den Rhythmus auszeichnen;
3. es soll der Text immer deutlich verstanden und gehört werden;[2] darum sollen auch
4. alle jene Imitationen und Fugen, welche dieß hindern, entfernt bleiben.[3]

Man vergleiche damit, was oben (Nro. B. V.) über das der Erhabenheit und Anmuth Widersprechende angeführt worden ist.

Ob die Themate aus dem gregorianischen Chorale zu entnehmen seien, darüber hat sich die Kirche niemals geäußert; wohl aber sollen sie stets dem Charakter des gregorianischen Chorals entsprechen, auch Paläftrina hat in der genannten Meffe das Thema nicht aus dem Cantus gregor. genommen. Ebenso vollkommene Freiheit besteht bezüglich der Benutzung der alten oder neueren Tonarten.

Diese Grundsätze, welche für die Behandlung der Gesangsmusik zu kirchlichem Zwecke gelten, bezwecken keine Verkürzung der Kunst, sondern eine heilsame Einschränkung, damit sie desto vollkommener ihre Aufgabe löse und nicht auf Bahnen abweiche, welche nicht mehr kirchlich sind.

b. Die Instrumentalmusik.

Neben dem Gesange gewann seit 300 Jahren auch die Instrumentalmusik als Begleiterin deffelben nach und nach mehr Boden auf den Kirchenchören, bis sie seit Anfang dieses Jahrhunderts in vielen Ländern den reinen Gesang auf ein Minimum herabdrückte und über ihn herrschte. Wir lesen zwar in alten Zeiten hin und wieder vom Gebrauche von Instrumenten bei kirchlichen Feierlichkeiten, aber dieser Gebrauch kann gar nicht in Vergleich mit der jetzigen Instrumentalmusik in der Kirche gezogen werden, und regelmäßig verschwand sie bald wieder. Aber auch zu Ende des 16. und 17. Jahrhunderts, da sie an Hofcapellen weltlicher Fürsten und in den Hauptkirchen reicher Städte zuerst in Uebung kam, und man sich an anderen Kirchen nur der Posaunen bediente, hatte sie noch einen unverfänglicheren Charakter; sie war reine Begleitungs= und Unterstützungsmusik, welche den Singstimmen Note für Note in gleichem Tone folgte, oder wenn sie ein Zwischenspiel oder Präludium machte oder einen Gegenchor bildete, die Gesangscomposition nachahmte, nie aber den Singstimmen den Vorrang streitig machte. Erst als Al. Scarlatti das neue Orchester im Anfange des vorigen Jahrhunderts eingerichtet hatte, und dadurch die Instrumentalmusik auf eine neue Bahn selbftständiger Entwicklung gelenkt ward, fing man an, derselben allmählig häufiger für die Kirche sich zu bedienen, nicht zum Nutzen, sondern zum größten Schaden derselben. Der ganze bisher noch ehrwürdige kirchliche Vokalftyl wurde ein anderer, konnte im Verein mit dem selbftständiger auftretenden Instrumentalftyl nicht mehr derselbe bleiben, um nicht die Einheit zu stören. Nun aber wirkte nicht erfterer auf letzteren, sondern umgekehrt: der Instrumentalftyl zog die Behandlung des Vokalen nach sich und oktroyirte ihm seine Beweglichkeit, Sinnlichkeit, Flüchtigkeit und Weltlichkeit auf. Man nehme eine in der Durchdringung von Vokalen und Instrumentalen gedachte und componirte Meffe, laffe die Instrumente hinweg und sehe zu, was noch übrig bleibt! Das bleibt unerschütterliche Wahrheit, seitdem die Instrumente den Kirchenchor einnehmen, ist die Kirchenmusik in raschen Verfall gerathen und zuletzt auf den erbärmlich tiefen Standpunkt gekommen, den die Neuzeit bitter beklagt. Die Regeneration der Kirchenmusik kann nur da vollzogen werden, wo man die Herrschaft der Instrumente bricht, sie in ihre untergeordnete Stellung verweist und der Vokalmusik wieder die Herrschaft einräumt.

Die Instrumente sind allerdings auch Werkzeuge und Mittel, womit der Mensch seinen Herrn und Gott verherrlichen kann und soll, aber eine kirchliche, noch mehr liturgische Kunst damit zu erreichen, möchte so leicht nicht gelingen. Wenn eine und die andere Stimme laut geworden, baß vielleicht der Tag nicht mehr ferne sei, da es einem Genie gelingen werde, für eine instrumentirte Meffe die Sanktion

---

[1] Concil. Trid. a. a. O. — [2] Cæcilia. 1862. Nro. 8. — [3] Ibid.

der Kirche, ähnlich wie für die Missa P. Marcelli, zu erringen, so kann ich mich solch sanguinischer Hoffnung keineswegs hingeben.

Meine Ansicht und Ueberzeugung von der Instrumentalmusik bezüglich ihres liturgischen Gebrauches geht dahin:

a) die Instrumente sind und bleiben beim kirchlichen Gottesdienste nur Begleitung und Ornament des Gesanges, mehr können sie nicht ansprechen; sie können nur eine untergeordnete Stellung einnehmen auf Grund des liturgischen Zweckes der Musik und ihres eigenen Wesens.

Die Liturgie kennt und bedarf nur Gesang, und verlangt, daß der Mensch sich unmittelbar gebe, nicht durch ein Medium; die Instrumente erscheinen in dieser Beziehung als etwas Ueberflüßiges. Der Instrumentalton steht hinter dem Sington weit zurück; während letzterer der unmittelbare (tonliche) Ausdruck und Erguß des menschlichen Herzens ist, wobei das menschliche Stimmorgan, auf's unmittelbarste vom Gefühle afficirt, selbst das Instrument abgibt, und der Text des Gesanges das Tonbild mit aller Bestimmtheit begabt, ist der Ton der Instrumente erst ein schwacher Nachhall des bewegten Herzens; es fehlt die belebende Unmittelbarkeit, es singt nicht mehr ein vom Herzen afficirtes Stimmorgan, sondern blos der Athem, die Lunge ist das Werkzeug, welches dem künstlich construirten Holz oder Metall Töne entlockt, oder die Finger, welche auf die Saiten und Tasten drücken, oder die Hand, der Arm, welcher den Bogen streicht.¹) Wenn auch der Mensch Allem, was er thut, den Stempel seiner Eigenthümlichkeit, seiner Gefühle oder Stimmungen aufzuprägen vermag, und es möglich ist, „seelenvoll" zu spielen und zu blasen, so hat dieß im Allgemeinen seine Bedeutung nur für das Solospiel und die reinen Instrumentalsätze, wofür aber in der Kirche kein Platz ist; und wenn auch das Ripienospiel mit Empfindung geschehen kann und sollte, so finden sich unter 100 Kirchenchören 99, deren Personal solches nicht zu leisten vermag.

Die Instrumentalmusik steht hinter der Gesangsmusik zurück auch wegen ihres unbestimmten Gefühlsausdruckes; einige Bestimmtheit desselben erhält sie erst durch Verbindung mit Gesang oder durch äußere Umstände z. B. bestimmte Feierlichkeit, hergebrachte Gewohnheit, durch ein Programm; von dieser Unbestimmtheit ist selbst die Orgel an sich nicht ausgenommen, und die reinen Instrumentalsätze in der Kirche (Zwischensätze, Eingänge u. s. w.) erhalten ihre Bedeutung von den vorausgehenden Gesangsätzen oder ihrer sonstigen Stellung in der Liturgie.

Die Instrumente können schon um dieser Ursachen willen nicht eine hervorragende mit dem Gesange gleichberechtigte Stellung beanspruchen.

b) Der Instrumentengebrauch in der Kirche ist immer mit einer großen Gefahr verbunden, nämlich: die KMusik profan zu machen und den liturgischen Zweck zu vereiteln.

Sind auch die Instrumente geeigenschaftet, den Gesang durch ihr gegensätzliches Wesen und ihre mannigfaltige Tonfarbe zu heben, auszuschmücken, wie zu einem farbigen Hintergrunde zu dienen und den Gefühlsausdruck noch mehr zu individualisiren, als die harmonische Figuration ohnehin schon thut, so liegt ebendarin die nächste Versuchung und Gelegenheit, daß der vollste Subjektivismus und der weltliche Geist das Feld erobere, wie die Geschichte dafür das unwidersprechlichste Zeugniß ablegt.

Jedes Instrument hat das Bestreben in sich, sich frei nach seiner Natur zu bewegen und seine Eigenthümlichkeit zur Geltung zu bringen. Der gute Instrumentist möchte aber auch seine Kunst zur Geltung gebracht wissen, und der Compositeur kann sich nicht leicht der Versuchung entziehen, den Eigenthümlichkeiten der Instrumente etwas zuzugestehen. Daß sie solches auch in der Kirche ansprechen, dazu verleiht ihnen die hohe Ausbildung der Instrumente und Instrumentalkunst in gegenwärtiger Zeit ein Scheinrecht oder einen plausiblen Grund. Der Instrumentalsatz will aber ganz anders behandelt sein als der Vokalsatz. Jedoch ist es nicht letzterer (bei der so lange dauernden Vernachlässigung des kirchlichen Gesangsstyls), welcher einen wirksamen Einfluß auf ersteren ausübt, sondern dieser gestaltet jenen in sich um oder vielmehr accomodirt ihn für sich, da es nicht angeht, den ächten kirchlichen Vokalstyl mit dem ausgebildeten Instrumentalstyl zu einem einheitlichen Ganzen zu vereinigen, wenigstens ist dieß Problem noch nicht zur Zufriedenheit gelöst.

---

¹) Ich stehe nicht an, hier ein Urtheil L. Gervinus aus seinem Buche „Händel und Shakespeare" (S. 86) einzufügen: „Zu der erhabenen Wirkung gibt in dieser (polyphonen) Kunst, wo sie so vergeistigt wie bei Palästrina ist, und wenn sie ebenso rein, wie sie geschaffen ward, auch ausgeführt wird, ein Großes ihre Entblößung von allen profanirenden Instrumenten hinzu, die jenen feinen Geisteshauch, mit dem der ächte Sänger auch die lebenvollsten Tonzeichen noch lebendiger beseelt, nie wiedergeben können, deren keines ohnehin das Organ der menschlichen Stimme erreicht, das durch die elastischen animalisch belebten Gewebe der Stimmbänder einer Weichheit des Wohlklanges fähig ist, die keinem trockenen Werkzeuge eignen kann."

Bei der hohen Ausbildung der Instrumentalmusik haben bis jetzt auch die ungeheuere Mehrzahl der Kirchencomponisten dieser besonders geschmeichelt und den Vokalsatz vernachlässigt, so daß in ihren Werken meistentheils der Gesang, welcher in der Kirche die Hauptsache sein soll, zu einem dürren Skelette zusammengeschrumpft ist und die instrumentale Kunst das große Wort führt, — ein golden=strahlender Rahmen, welcher ein armseliges Gemälde umschließt. Werden alle jetzt lebenden und folgenden Componisten instrumentirter Messen u. s. w. dieser so naheliegenden Gefahr entgehen, werden sie sich nicht von dem Reize der Instrumente blenden lassen, werden sie so viel Selbstbe=herrschung haben, den Instrumenten blos eine untergeordnete, begleitende, unterstützende Rolle einzu=räumen? Nachdem bislang die Mehrzahl der Componisten an dieser Klippe gescheitert sind, werden sie künftig dieselbe meiden? Aller Wahrscheinlichkeit nach werden die Menschen fortan auch keine Engel sein, und wird die Sinnlichkeit die alte Gewalt über sie ausüben.

Die Instrumentalmusik hat ferner an sich zu viel Neigung zum profanen Wesen. Der Instr.=Ton ist ein rein mechanisch erzeugter und wendet sich darum vorzugsweise an das Sinn=liche und Natürliche des Menschen; in der Tonwelt ist er der Repräsentant des Thierischen, Sinnlichen des Menschen, während der Gesang mehr dem Geistigen des Menschen entspricht. Die Instrumental=musik wirkt mehr durch Rhythmus und Klangfarbe. Die große Beweglichkeit, welche manchen Instru=menten eigen ist, die schärfere Rhythmisirung, welche sie deßwegen lieben, die grelle und starkschallende Tongebung, wodurch wieder andere sich hervorthun u. b. gl. ist zu leidenschaftlicher Erregung, zu großem und schnellem Wechsel der Affekte sehr dienlich und für die Profanmusik ein unschätzbares Mittel — aber für den heil. Gottesdienst paßt es nicht. „Der andächtige Sinn setzt Ruhe der Seele, ein stilles Verweilen in einer frommen Gemüthsstimmung voraus."[1] Die Beweglichkeit und Affektfülle und deren Wechsel kann wohl spannen, aber nicht erbauen, kann aufregen, aber nicht beruhigen und besänftigen, kann die Ohren ergötzen und reizen, aber nicht den Geist auf die hohen, heiligen Gedanken und Gefühle hinleiten, welche für den kirchlichen Dienst Gottes nothwendig sind, vielmehr wird das Herz von dem Höheren abgezogen, zerstreut und dem Sinnlichen zugewendet. Die eigentliche Instrumentalmusik und Composition ist eine rein weltliche Schöpfung und ist erst aus der Welt in die Kirche herübergenommen worden. Der weltliche Charakter klebt ihr an und läßt sich so leicht nicht entfernen, auch wenn sie mit Umsicht in der Kirche gebraucht wird. Dieser welt=liche Charakter trägt sich naturnothwendig auch auf die damit verbundene Gesangscomposition über, und darum beklagen wir die fast regelmäßige Unkirchlichkeit der instrumentirten Messen auch in ihrem Gesangspart. Man kann die Mehrzahl der bisherigen instrumentirten Messen den französischen Hei=ligenbildchen vergleichen, welche den plattesten Realismus zur Schau tragen, den nächstbesten Modeherrn oder die nächstbeste Modedame abcontrefeien und dem ascetischen Ausdruck und höherer Auffassung nicht nagelgroß Raum gestatten. So sind auch jene Messen voll von gemeiner sinnlicher Plastik und unkirchlicher Tonmalerei.

c. Diesem können wir noch hinzufügen, daß sehr häufig, wirklich sehr häufig die Exekutirung der Instrumentalstimmen nicht in einer genügenden Weise geschieht, und nur verhältnißmäßig wenige Chöre hierin zufriedenstellend arbeiten; ferner, daß, wie keinem aufmerksamen Beobachter ent=gehen wird, niemals auf einem Kirchenchore mehr Unandacht, Zerstreuung und Mangel der wahrhaft kirchlichen Sammlung herrscht und unwillkürlich sich aufdrängt, als bei instrumen=tirten Messen, ganz abgesehen von dem oftmaligen Stimmen der Instrumente, dem Probiren und Tändeln, wodurch eitle Instrumentisten Unruhe und Störung verursachen. Auch die beste Disziplin kann diesem Uebel nicht steuern; sie kann Ruhe und Ordnung erzielen, aber den Geist vermag sie nicht zu bannen.

Wenn man dieß alles erwägt, so sind die Vortheile, welche man sich von der Instr.=Musik beim hl. Gottesdienste verspricht, nicht so groß, daß sie die Nachtheile und Gefahren, welche sie mit sich führt, aufheben oder paralysiren könnten. Die Kirche hat darum Recht, vollkommen Recht, daß sie von jeher die Instrumente, mit Ausnahme der Orgel, nie begünstigt, und als eine minder kirchliche Zeitrichtung sie eingeführt und die Gewohnheit sie festgehalten, ihnen nur Duldung zugesprochen hat.

In Berücksichtigung der großen Schwierigkeiten, welche der Entfernung der Instrumente aus den Kirchen, in welchen ihr Gebrauch einmal eingeführt ist[2]), entgegenstehen, hält Papst Benedikt XIV. es für das Gerathenste, einen Mittelweg einzuschlagen und weder alle Instrumente zu gestatten, noch alle zu verwerfen; bleiben sollen nur „diejenigen, welche dienen, die Stimmen zu verstärken und zu

[1]) Stein, die Musik in der kath. Kirche, pag. 62.
[2]) Encyclica d. d. 19. Febr. 1749; Lib. XI. de Synod. diœces. c. 7.

halten; sie dürfen nur dazu angewendet werden, um dem Gesange gewissermaßen neue Kraft zu geben, so daß der Sinn der gesungenen Worte mehr und mehr in die Gemüther der Hörer eindringe, und die Herzen der Gläubigen zur Betrachtung himmlischer Dinge und zur Liebe gegen Gott und das Göttliche geweckt werden. Wenn aber die Instrumente immer ertönen und nur bisweilen, wie es jetzt zu geschehen pflegt, etwas pausiren, damit man die Modulationen und die wirbelnde Erhebung einer Singstimme vernehme, außerdem aber die Stimme der Sänger und den Schall der Worte unterdrücken und übertäuben, so ist eine solche Anwendung der Instrumente eitel und unnütz, ja verboten und untersagt." Von dieser Anschauung konnte auch in neuer und neuester Zeit die Kirche noch nicht abgehen, und die Verordnung des Kardinal-Vikars Patrizi, auf ausdrücklichen Befehl Sr. Heiligkeit des Papstes erlassen zu Rom am 20. Nov. 1856, sagt: „Die Musikdirektoren sollen jederzeit beherzigen, daß die Instrumentalmusik in den Kirchen eigentlich nur geduldet wird und nur dazu dienen soll, den Gesang zu unterstützen und zu beleben, nicht aber ihn zu beherrschen, noch viel weniger ihn zu übertönen, unterzuordnen und als Nebensache zu behandeln." In dieser Weise drücken sich auch sämmtliche bis jetzt erlassene Bestimmungen der Bischöfe und Provinzialconcilien aus.

Und der allg. deutsche Cäcilienverein sucht diesem kirchlichen Willen praktische Ausführung zu sichern, indem er in seinen Statuten (II. e.) feststellt: „Seine Sorgfalt wendet er der Instrumentalmusik zu, wo sie besteht, soweit sie nicht gegen den Geist der Kirche verstößt."

Als Prinzipien für die dem Willen der Kirche entsprechende Verwendung der Instrumente beim hl. Gottesdienste, besonders beim hl. Meßopfer, ergeben sich folgende:

1. Es sind nur solche Instrumente zulässig, welche geeignet sind, die Singstimmen zu stärken, zu unterstützen, zu heben. Eine nähere Bestimmung läßt sich hierüber nicht geben, da die Instrumente einem steten Wechsel unterliegen, sowohl von Seite des Kunstgeschmackes, als von Seite ihrer steten Vervollkommnung; Papst Benedikt XIV. führt einige an, über welche man heutzutage, wenigstens in Deutschland, anders urtheilt, und wer weiß, ob in 40—50 Jahren nicht andere Instrumente auftauchen oder einige der jetzt gebräuchlichen eine Umgestaltung erfahren haben.

2. Untüchtig oder wenigstens nur mit großer Diskretion anwendbar sind alle schallstarken Instrumente, welche an sich schon aufregen, die heilige Ruhe und Andacht stören, und solche, welche zu sehr an die weltliche Musik erinnern, z. B. Pauken, Harfen, und besonders andere in neuerer Zeit beliebt gewordene Blechinstrumente, als Bombardon, Flügelhorn.

Die Posaunen fanden wegen ihres ernsten Charakters schon frühzeitig Anwendung bei der Kirchenmusik, und eine moderirte Begleitung durch dieselben mag auch heute noch am Platze sein; ebenso finde ich bei einem Gottesdienste im Freien es nicht unziemlich, wenn eine anständige Blech- oder einfache sogenannte Harmoniemusik den Sängerchor unterstützt — nur muß sie nicht immer ertönen, sondern zur passenden Zeit den Gesangchor auch frei walten lassen.

Ueberhaupt aber ist es des Componisten Pflicht, die Instrumente, namentlich die schallstarken, so zu behandeln, daß durch ihren Gebrauch der liturgische Zweck der Musik nicht beeinträchtigt werde; widerstreitet ihr Toncharakter an und für sich schon demselben, so muß er sich derselben enthalten. Aber auch der Dirigent beachte genau das richtige Verhältniß zwischen dem Gesang- und Instrumentalchor! (Vgl. Musica sacra 1871. Nr. 12.)

Auch militärische Aufzüge mit Pauken und Trompeten sind als des Hauses Gottes unwürdig gleich den Tuschen abzuschaffen. Nicht der Lärm der Instrumente, sondern die Andacht und Ehrfurcht der Betenden erhöht wahrhaft jede Feier.

3. Man enthalte sich langer Instrumentalintroduktionen und Präludien.

4. Der Instrumentalsatz accomodire sich dem Vokalsatz und prätendire nicht den weltlichen Styl, denn er ist jenem untergeordnet; das Vorrecht aber geziemt nicht dem Diener, der Vorrang nicht dem Ornamente, — diese Forderung steht mit den ersten Kunstregeln im Einklang.

5. Darum meide der Componist alle Figuren, Verzierungen, Gänge und Modulationen, welche Leichtfertigkeit und profanes Wesen an sich tragen; denn „weder der Gesang noch die begleitende Musik darf etwas Theatralisches an sich haben oder an profane Weisen anklingen."

Die Behandlung der Instrumente für kirchliche Compositionen muß sich von dem profanen Satze unterscheiden.

6. Auch die zulässigen Instrumente sind in einer Weise zu gebrauchen, daß sie den Gesang nicht verdecken oder unterdrücken.

7. Die Instrumentisten sollen ihre Instrumente wohl zu handhaben wissen und nicht durch ihre Unkenntniß oder Ungeschicklichkeit das Uebel noch ärger machen.

8. Ohne die Annehmlichkeit und dem durch die Instrumente zu erreichenden Colorite etwas zu vergeben, wie es Kunst und guter Geschmack forbert, hat man sich vor zwei Extremen zu hüten: vor Weichlichkeit und ungehörigem Lärmen.¹) *)

Zweiter Theil.

A. Das musikalische Hochamt nach seinen einzelnen Theilen.

Die heilige Messe ist eine wahre und vollkommene Opferhandlung, enthält die Vorbereitung zum Opfer, das Opfer selbst und das Opfermahl; darin laufen alle Theile, Handlungen und Gebete zusammen, nichts, auch nicht das einfachste Gebet steht ohne Bezug auf das Ganze da. Dieser Zusammenhang darf namentlich bezüglich der Musik nicht außer Acht gelassen werden; es begründet dieß die richtige Auffassung der einzelnen Theile und ihres Textes, wogegen der Tonsetzer namentlich viel fehlen kann. Die selbstkluge „Kunst" hat jeden Theil vom Ganzen losgerissen und nach Gutdünken darauf loscomponirt und darum aus manchen Theilen religiöse Cantaten und Concertstücke, aber keine kirchlichen Musikstücke gebildet. Die wahre Kunst begreift ihre Unterordnung unter die Liturgie beim Gottesdienste und schreitet nicht eigenmächtig voran.

Die Opferhandlung vollzieht in der heil. Messe zwar in Wirklichkeit der Priester als Stellvertreter Jesu Christi, aber geistig mithandeln und mitopfern müssen auch die Gläubigen; darum spricht der Priester einiges laut, um den Anwesenden gleichsam Führer bei diesem Opfer zu sein, darum läßt die Kirche diese Worte bei feierlicher Darbringung desselben singen, damit der Ton das Wort erkläre und verkläre, damit die in Tönen richtig wiedergegebenen Gefühle in den Herzen der Hörer gleiche richtige Gefühle anregen und sie zu innigerer und segensreicherer Theilnahme am heil. Opfer befähigen.

---

¹) Diese Prinzipien und Sätze sind gezogen aus dem Concil. Trid. sess. XXII.; aus der Verordnung des Cardinalvikars Patrizi in Rom d. d. 20. Nov. 1856; aus der oberhirtl. Verordnung des Bischofs Valentin von Regensburg d. d. 16. April 1857; gleiches findet sich in dem Dekrete des Cardinal-Erzbischofs von Mecheln d. d. 26. April 1842, in den Bestimmungen der Provinzialconcile von Cöln, Prag, Wien aus dem letzten Jahrzehent und in andern bischöfl. Erlassen. Vgl. G. Jakob, die Kunst im Dienste der Kirche §. 84, 5. und §. 92.; G. Stein, die Musik in der kathol. Kirche pag. 35 ff.

*) [Ein Preisrichter machte die Bemerkung, daß auch über Begleitung polyphoner Messen, ein anderer, daß über obligate Orgelbegleitung etwas zu sagen gewesen wäre. Ich glaubte, auf solche Spezialia nicht eingehen zu sollen, will jedoch nachträglich hier meine persönliche Ansicht kundgeben.

Die Orgel fällt ohne Zweifel auch unter die Bestimmungen, welche die Kirche für die übrigen Instrumente festgesetzt hat — insoweit dieselbe nämlich Begleiterin des Gesanges ist — sie soll diesen unterstützen und heben, nicht unterdrücken, übertönen, verdecken. Dieß vorausgesetzt, wird ein ordentlicher Componist der Orgel nur zutheilen, was den Gesang unterstützt und ihn verschönern kann, alle Virtuositäten, Spielereien, Ueberladung mit Harmonien und Zierwerk ferne lassen. Das muß besonders der Fall sein bei Stücken, wo die Singstimmen ohnehin schon eine volle Harmonie bilden; bei Werken und Stellen für 1—3 Singstimmen hat die Orgel wohl größere Freiheit, jedoch darf sie auch da nicht auf Unkosten der Singstimmen sich erheben, nicht alle Kunst repräsentiren wollen. und den Gesang als ärmliches Beiwerk nebenhergehen lassen. Je mehr die Singstimmen eine volle Harmonie bilden, desto weniger darf die Orgel in den Vordergrund treten. Daß sich die obligate Orgelbegleitung dem Charakter des Stückes und dem Style der Gesangsparthie genau anschließen müsse, versteht sich wohl von selbst.

Künstlich polyphone Gesangwerke (etwa im Motettenstyle des 16. Jhdts.) vertragen keine Orgelbegleitung und büßen durch dieselbe jederzeit an Lebendigkeit des Vortrags, an Leichtigkeit der Bewegung, an den feinen Nüancen des Tempo und der Tonstärke ein, da die Orgel hierin den Singstimmen nicht folgen kann. Der Basso continuo, welchen man im 17. Jhdt. zu solchen Werken setzte, galt ursprünglich nur als Ersatz einer oder der andern mangelnden Singstimme. Die einfachere Setzart der Folgezeit gestattete die Anwendung der Orgel bei contrapunktischen Stücken viel eher; übrigens gewinnen auch diese nichts durch die Orgel.

Was aber diejenige Form der Orgelbegleitung angeht, wobei diese selbstständig contrapunktisch neben den gleichfalls mehr oder minder so gehaltenen Singstimmen sich hören läßt (eigentlich ein auf die Orgel übertragener selbstständig arbeitender Instrumentalchor) und nicht in dieser Beziehung mit dem Singchor abwechselt, so halte ich das allerdings für ein hochkünstlerisches Werk, finde aber darin nur eine polyphone Ueberladung, welche dem kirchlichen Zwecke nicht gerade günstig sein möchte. Unterstützung des Singchores muß die erste Forderung an die Orgel für die weitaus größte Zahl der Kirchenchöre sein; eine solche weitgetriebene Polyphonie, welche mit den mehrchörigen Werken der alten Meister doch nichts gemein hat, unterstützt nicht und bringt eher Unklarheit als Verschönerung zuwege. Das Gleiche gilt mir von derlei instrumentirten Werken, wo die Instrumente, weil sie immer ihren eigenen Weg gehen wollen, oft den Einsatz der Singstimmen erschweren und auf Gleichberechtigung fast ein ganzes Stück hindurch Anspruch machen. (Vgl. Aufsatz über Greith's Messe, op. XVI. und Musica sacra, 1872. Nro. 1.)]

Diese zwei Wahrheiten, welche im ersten Theile weiter ausgeführt worden sind, müssen dem katholischen Kirchencomponisten und dem Kirchensänger stets gegenwärtig sein, dem ersten, damit er gut und zweckmäßig componire, dem andern, damit er die gute und kirchliche Composition auch im rechten Geiste, im Sinne der Kirche ausführe.

Nachdem nun im Allgemeinen die Musik beim Gottesdienste betrachtet worden ist, müssen wir uns auch den einzelnen Theilen des Hochamtes zuwenden, da jeder derselben einen besondern Charakter für sich in Anspruch nimmt.

Die Kirche hat über den musikalischen Ausdruck, der die Gefühle und Stimmungen bei den einzelnen Theilen der heiligen Messe wiedergeben soll, über den Geist, den die mit dem Texte verbundenen Töne hauchen sollen, nicht im Ungewissen gelassen; sie hat als Typus des wahren Kirchengesanges ihren gregorianischen Choral aufgestellt, dessen Melodien für die heilige Messe, ausgezeichnet durch himmlische Originalität und unnachahmliche Schönheit, Jahrhunderte lang die Gläubigen wahrhaft erbaut haben und gewiß, wenn diese Gesangsweise wieder mehr gepflegt und erkannt wird, gleicherweise erbauen werden.

Für die künstliche mehrstimmige Kirchenmusik erfreut sich die Missa P. Marcelli von Palästrina des typischen Charakters. Keine andere Meßcomposition als diese aus dem kirchlichen Geiste gebornen, von der Kirche begutachteten melodischen und harmonischen Weisen, gibt uns so sichere Bürgschaft über die richtige Auffassung des Meßtextes, alle übrigen Meßcompositionen finden ihren Maaßstab und ihr Correktiv in ihnen. An ihnen müssen wir den liturgisch-musikalischen Sinn ergründen, als unerläßliche Grundlage aber das tiefe Verständniß der Liturgie, die Durchdrungenheit von dem heiligen Opfergeheimniß in frommer Betrachtung uns erwerben. Darin finden wir dann den Schlüssel zur wahren Kirchenmusik. Wie die Jünger zum Heilande sagten: „Herr, lehre uns beten!" und er sie das vortrefflichste Gebet im einfachen und doch so vielsagenden Vater unser lehrte, so müssen wir auch zur Kirche kommen: „Mutter, lehre uns singen!" — und sie weist uns den besten Gesang in ihrem so einfachen und doch so vielsagenden Chorale, dessen heiligen Ausdruck der fromme Palästrina in seiner Meistermesse wiedergab.

Hiemit habe ich zugleich die vorzüglichsten Quellen bezeichnet, zu denen jeder, der an kirchliche Composition sich macht, gehen muß, die jedem, der für kirchliche Musik sorgen oder darüber richtig urtheilen will, zum vollen Verständniß gelangt sein müssen.

Nach diesen Erinnerungen schreiten wir zu den einzelnen Gesangspartien der heiligen Messe resp. des Hochamtes vor.

1. Introitus.

Das erste Stück, welches dem Musikchore zu singen obliegt, ist der Introitus, ein Einleitungsgesang, welcher wie das Invitatorium für das Offizium oder Breviergebet, so für die Meßfeier die Stimmung angibt und bereitet, den Grundgedanken des Offiziums enthält, sozusagen den Grundton anstimmt. Der Introitus steht auch in Harmonie mit dem Offertorium und der Communio.

In früheren Zeiten wurde der Introitus beim Eintritt des Bischofes in's Presbyterium oder beim Herausgehen des Celebranten aus der Sakristei begonnen. Das Caeremon. Episc. II. 8. 30. 38. und eine Entscheidung der C. S. R. bestimmen nunmehr, daß dieser Gesang erst dann begonnen werden solle, wenn der Celebrant an den Stufen des Altares angelangt ist.

Seit dem Gebrauche instrumentirter Messen ist der Introitus von den Chören gänzlich bei Seite geschoben worden, da die unmittelbare Folge von Choral und moderner Musik einen zu grellen Abstand bildete; doch könnte durch einen geschickten Organisten die Verbindung und Vermittlung beider bewerkstelligt werden, wenn anders das Kyrie kirchlich gehalten ist. Beim Gebrauche bloßer Gesangmusik älteren Styles verbindet der Introitus sich ganz natürlich.

Der Introitus besteht aus einer Antiphon, einem Psalmvers mit Gloria Patri und der darauffolgenden Repetition der Antiphon; er wird im Wechselchor gesungen. Die Modulation im Chorale ist in der Regel sehr reich gehalten, auch der Psalmvers und Gloria Patri haben eine von der gewöhnlichen Psalmodie verschiedene notenreichere Melodie. Doch lieferten die Meister der verflossenen Jahrhunderte auch viele mehrstimmige Compositionen des Introitus, wobei sie den Bau des Textes für die Form maßgebend sein ließen. Der Salzburger Kapellmeister Andr. Hofer ließ z. B. die Intonation, den Psalmvers und das Gloria Patri choraliter vortragen, das übrige aber fünfstimmig singen; in ähnlicher Weise verfuhr Cajet. Kolberer u. a. Man wird wohl noch zu diesen Compositionen zurückgreifen.

2. Kyrie eleison.

Unmittelbar an den Introitus schließt sich das Kyrie eleison, Christe eleison! „Herr, erbarme dich unser! Christe, erbarme dich unser!" an. Der Ruf des Erbarmens und Verlangens zu dem dreieinigen Gotte bildet den Anfang des Opfers. Die Seele fühlt sich verschuldet, nicht würdig, vor Gottes Angesicht zu treten, vor ihn, dem nur Opfer aus reinen Herzen und Händen angenehm sind; und doch drängt eine tiefe Sehnsucht, die Wirkung der Liebe Gottes, nach Einigung mit dem Allerhöchsten hin. Alles, Gebet und Opfer, muß vorbereitet sein durch Aussöhnung mit der göttlichen Majestät, denn an Gnade Gottes kann nur derjenige theilnehmen, der ein reines Herz hat. Darum Kyrie eleison etc. Neunmal wendet sich der Ruf an die heilige Dreifaltigkeit, dreimal an jede der göttlichen Personen, um so die Innigkeit des Flehens anzudeuten. Zur Zeit des heiligen Gregor war noch keine bestimmte Zahl der Wiederholung des Rufes festgesetzt, sondern, so oft das Kyrie eleison gesungen (und respondirt) wurde, ebenso oft ward auch das Christe eleison abwechselnd zwischen Vorsänger und Chor abgesungen; das Wie oft? bestimmte jedesmal der Bischof. [1]

Dieses Seufzen und Flehen beim heiligen Meßopfer ist das Flehen und Bitten der demüthigen und reumüthigen Seele, welche die kindliche Liebe noch nicht verloren hat, es ist nicht das trostlose Aufseufzen des fast verzweifelnden Sünders; wir rufen und stöhnen nicht wie solche, die „keine Hoffnung haben", unser Reueschmerz ist gemildert durch das Vertrauen auf die Barmherzigkeit des himmlischen Vaters, und unser demüthiges Seufzen bekömmt lichte und hellere Töne durch die mit Zuversicht gepaarte liebende Sehnsucht nach Gott. In den typischen Gesängen des heiligen Gregor ist dieß ganz klar und deutlich ausgedrückt, neben der demüthigen Bitte klingt überall ein freudiger Ton der Zuversicht durch, gleich als ob die Seele im Augenblicke schon sich der erhaltenen Verzeihung bewußt wäre. Es macht sich sowohl im Choralgesange als in den Kyrie der alten Meister eine Steigerung des Ausdruckes bemerkbar; in ruhigen und erhabenen Weisen wendet der erste Kyrie = Satz sich an Gott den Vater als den Beleidigten, das Christe eleison erhebt sich schon als vertrauensvollere Bitte zum göttlichen Sohne als dem versöhnenden Erlöser, während im letzten Kyrie = Satze ein heilig drängendes Flehen voll Zuversicht zum heiligen Geiste als dem Vermittler der göttlichen Erlösungsgnade in lebhafteren Tonbewegungen emporsteigt. Diese wundervollen Melodien, recht innig gefühlt gesungen, klären über das Wesen und die Bedeutung des Kyrie eleison der Messe beiweitem mehr auf, als es die beredteste Zunge vermöchte, als es alle übrigen, harmonischen Compositionen der großen alten Meister, von den instrumentalen und modernen ganz zu schweigen, thun können. — Sie sind der reinste, natürlichste, ungekünstelte und unmittelbarste Erguß des gottliebenden, himmlisch erleuchteten Herzens, nicht gehemmt durch künstlichen Rhythmus, nicht paraphrasirt durch die Harmonie.

Vergegenwärtigen wir uns nun den kirchlichen Stimmungscharakter des Kyrie eleison in der heiligen Messe, und vergleichen wir damit die modernen Compositionen, so müssen wir gestehen, daß die große Mehrzahl dieser weit hinter dem zurückbleiben, was sie sein und ausdrücken sollen, ja daß sie häufig das gerade Gegentheil von dem allen besagen. Der kirchlichen Auffassung entspricht keineswegs das beliebte reine Moll des neueren Tonsystems, welches stereotyp im Mittelsatze (Christe eleison) in die Paralleldurtonart ausweicht und manchmal im Schlußsatze in die gleichartige Durtonart verkehrt wird; es ist zu trübe und läßt eine vertrauensselige Stimmung nicht aufkommen. Diese schöne Mischung von Demuth und Vertrauen vermögen die alten Kirchentonarten allerdings besser zu zeichnen, aber auch das neue Tonsystem in seiner gegenwärtigen Ausbildung und Biegsamkeit wäre nicht unfähig, eine solche Aufgabe vollkommen zu lösen.

Der kirchlichen Auffassung des Kyrie widerspricht aber ganz und gar eine pompöse, einem feierlichen Aufzuge gleichende Haltung, großartige Fugen oder künstliche, arienhafte Solostellen, rauschendes Orchester, beeiltes Tempo, leichtfüßige Rhythmen, springender und tänzelnder Takt, spielende, tändelnde und leichtfertige Figuren. Alles dieses aber erschien neueren Compositeuren erbaulich! Beispiele anzuführen thut nicht noth, sie bieten sich überall an.

Obwohl das Kyrie bei den Festmessen wegen der dabei vorkommenden Ceremonien von längerer Dauer sein kann und darf, und nicht blos dadurch, sondern auch durch Anwendung höherer Kunst den Festcharakter offenbaren soll, so sind doch immer die gehörigen Schranken und der eigentliche Zweck der Musik in der Liturgie zu beachten, und darf die Musik nicht über Gebühr ausgedehnt werden[2]. Die alten Meister ließen sich solche Fehler nicht zu Schulden kommen, indem sie bedachten,

---

[1] Gerbert, de Cantu I. 373. — Ordo rom. III.
[2] Monita ad paroch. Guilielmi Episc. Trevir. 7. Mart. 1856. (Nro. 6) — Dekret des Erzb. v. Mecheln. 5. Art. — S. R. C. 21. Febr. 1643.

daß der Gottesdienst nicht wegen der Musik, sondern die Musik für den Gottesdienst da sei. Außerdem ist der Gesang des Introitus und Kyrie gewiß ausreichend, wenn auch letzteres in gedrängter Composition ausgeführt wird.

3. Gloria in excelsis Deo.

Nach dem Kyrie eleison stimmt der Celebrant mit freudig gehobener Stimme den englischen Lobgesang »Gloria in excelsis Deo« an, welchen der Chor mit »Et in terra pax etc.« fortsetzt. Es ist dieß das herrlichste Loblied auf den dreieinigen Gott, aller Preis entströmt der frohlockenden Seele, die in kurze Sätze ihren Jubel faßt: »Laudamus te ...... Wir loben Dich, wir preisen Dich!" und inmitten des Jubels zur Anbetung niederfinkt: »Adoramus Te, Wir beten Dich an!" dann betrachtend die Majestät Gottes seine Verherrlichung verkündet. Der geheimnißvolle Eindruck, welchen diese Betrachtung und Anschauung Gottes in unserm Geiste hinterläßt, findet sein Echo in dem »Gratias agimus Tibi — Wir sagen Dir Dank!" Es spricht daraus die unendliche Freude, welche unser Herz aus dem Bewußtsein schöpft, einen Gott zum Freunde zu haben, unsere Seele quillt gleichsam über von Dank für solche Gnade [1]), sie schwimmt sozusagen in einem Meere freudigen Entzückens ob der dreifachen Gnade: einen so gütigen allvermögenden Vater im Himmel zu haben (Deus pater omnipotens), den eingebornen Sohn desselben als Lamm, das für uns sich hingegeben, lieben zu können (Agnus Dei), die dritte göttliche Person, den hl. Geist, als Gnadenspender in das Lob einschließen zu dürfen (cum sancto Spiritu). Aber sie vergißt beim Ruhme des Erlösers, zu der Zeit, da das heiligste Versöhnungsopfer auf dem Altare wiederum dargebracht werden soll, nicht ihrer Erlösungsbedürftigkeit und fühlt sich wiederholt angetrieben, demüthig um dessen barmherzige Vermittlung anzuhalten: »Miserere nobis, suscipe deprecationem nostram — erbarme Dich unser; der Du sitzest zur Rechten des Vaters, nimm auf unser Flehen ...!"

Der englische Lobgesang [2]), in den apostolischen Constitutionen Oratio matutina (Morgengebet, Morgengesang) genannt und als solcher vom hl. Chrysostomus, Athanasius u. a. empfohlen, findet nach dem Kyrie seine Stelle, weil die Seele, durch Reue und Buße gereinigt im vollsten Vertrauen auf die Barmherzigkeit Gottes, zu nichts sich eher angetrieben fühlt, als Gott zu loben, ihm zu danken und ihn zu bitten um die Gnade der Standhaftigkeit, damit sie einst der Anschauung Gottes (in gloria Dei) theilhaftig werde. Hier fordert aber zu Lob und Preis besonders der Gedanke an das Erlösungswerk auf, welches wieder geheimnißvoll sich zu vollziehen beginnt, und dafür kann kein schöneres Lob gesungen werden, als das ist, welches die Engel einst an der Krippe des Herrn sangen.

Der Stimmungs- und Gefühlsausdruck, den die Musik im Allgemeinen bei diesem Gesange darlegen muß, ist der der freudigen und frohlockenden Andacht, der kindlichen Anbetung und Danksagung, dem sich beim Qui tollis das Gefühl der Demuth und Sehnsucht nach Erbarmung verbindet; alsbald erhebt es sich jedoch wieder zu Vertrauen und Zuversicht im Quoniam Tu solus sanctus ..., wo die Gründe für diese Zuversicht dem Erlöser gleichsam in Erinnerung gebracht werden. Beim Cum sancto Spiritu steigert sich die freudig preisende Stimmung wieder bis zum Ende.

Sehr schön drückt dieß alles (bei so wenigen Worten) der Gesang der Kirche aus, dieser Gesang, so einfach, edel und erhaben, voll tiefer Empfindung und Wahrheit, dem auch die alten Meister ihre Kunst abgelauscht haben. Die neuere Compositionsweise hält in ihren meisten Werken mit diesen edlen, kirchlichen Schöpfungen keinen Vergleich aus; was man am meisten vermißt, ist jene heilige, gemäßigte Freude, welche dem kirchlichen Gottesdienste ziemt, welche zwar jubelt, aber nicht stürmt und lärmt.

Die meisten Gloria-Compositionen der Neueren ergehen sich in profanem Jubel, der nur an die Sinnlichkeit sich wendet, Trompetengeschmetter und Paukenwirbel gelten Vielen als bestes Ausdrucksmittel der hl. Freude, scharfrhythmisirte, in fortissimo gehaltene Gesangspartien sollten den Jubel einer gottinnigen Seele darstellen, rasches hinstürmendes Wesen die Erhebung aus der gedrückten Stimmung des Kyrie in schroffstem Gegensatze sinnbilden, endlich noch eine kräftige Fuge diese tobende Freude austönen lassen, Abwechslung bringt nur ein ruhiger gehaltenes oder auch stärker contra-

---

[1]) „Joh. Gg. Mettenleiter." Ein Künstlerbild von Dr. Dom. Mettenleiter, pag. 151.

[2]) Der englische Lobgesang, mit den Worten des Evangeliums beginnend, scheint schon frühzeitig, wenn auch nicht überall im Gebrauche gewesen zu sein. Allgemein wird dem Papste Telesphorus († 139) die Einführung desselben vor der heil. Messe zugeschrieben. Die apostolischen Constitutionen führen diesen Hymnus schon fast ganz so an, wie wir ihn besitzen; nur ein paar Verse wurden später hinzugefügt.

ftirenbes Gratias unb Qui tollis. So lautet gewiß nicht ein Engelgesang, so singt auch nicht die Kirche!

An derlei Fehlern leiden fast regelmäßig die im neuen Tonsystem gearbeiteten instrumentirten Gloria, und doch wäre hier dem denkenden und fühlenden Tonsetzer die beste Gelegenheit gegeben, seine hohe Kunst wahrhaft zu zeigen. Allerdings ist es keine leichte Aufgabe, und die meisten scheitern an der Klippe leidenschaftlich aufgeregten, dramatischen Musizirens.

Nie konnte ich mich mit der seit langem gang und gäbe gewordenen Compositionsweise des Gloria befreunden, wornach man dieß Tonstück in 3, resp. 2 charakteristisch ganz verschiedene Theile zerlegte, und dem ersten und dritten (Gloria und Quoniam) eine heitere jubelnde Färbung gab, aus dem zweiten (Qui tollis) ein klagendes, oft sehr düsteres Mittelstück schuf. Kann auch eine Abtheilung gemacht werden (die alten Meister thaten es auch), so gestattet der Zusammenhang des Textes doch keine so tiefgehende Scheidung; dadurch würde er gänzlich zerschnitten, und der Text blos mehr ein sehr äußerliches Ding bleiben ohne wahre Bedeutung. Freudiges Lobpreisen und demüthiges Flehen um Gnade stehen sich hier nicht so schroff gegenüber, daß ein derartiger Unterschied begründet erschiene; es ist das ein ungerechtfertigtes Zugeständniß an die reine Musik, welche sich in solchen Gegensätzen gefällt, ein Hereinziehen weltlicher Kunstweise, die hier keinen Platz anzusprechen hat.

Noch schärfer tritt die falsche Auffassung darin zu Tage, daß das Quoniam regelmäßig jubilirend beginnt und fortsetzt (gewöhnlich die Repetition des ersten Theiles); das ist unlogisch, denn das Quoniam Tu solus etc. spricht nur den Grund aus, auf welchen sich unsere große Zuversicht beim Rufe: Miserere nobis! stützt, folglich kann die Stimmung der beiden Parthien nicht so total verschieden sein. Beide schließen sich aneinander an, und wenn auch in letzterer das Gefühl gehobener ist, so stellen die letzten Sätze nicht eine für sich bestehende Lobpreisung dar.

Auch kann ich einer Fuge am Ende über den Worten »Cum sancto Spiritu etc.« nicht das Wort reden. Man mag sagen, daß durch dieses Kunstgebilde der Jubel und das Gefühl der Freude und Dankbarkeit austönen sollen, wie auch die Alten zu diesem Zwecke dem Alleluja lange Jubilen anzuhängen pflegten. Dagegen ist einzuwenden: Wenn auch an sich schon ein bedeutender Unterschied zwischen einem allelujatischen Neuma und einer Fuge ist, so waren a) diese Neumen oder Jubilen bloße Vokalisen und ein wahres Austönen der Freude, und als man ihnen später einen Text unterlegte, so war dieser Text ein vollständiger Gedanke, ja ein ganzes Gedicht (Prosen oder Sequenzen); b) „zu einer Gesangfuge gehört ein den Worten nach kurzer, dem Inhalte nach aber bedeutungsvoller Satz, welcher eine mehrfache Wiederholung verdient. Besser ist es, einen für die Fuge unpassenden Satz unfugirt zu lassen, als mit Gewalt zu langgedehnte oder zu unbedeutende Worte in eine Fuge hineinzuzwängen ....“ So ein gründlicher Fugenlehrer [1]). Was für eine besondere Bedeutung sollen nun die abgerissenen Worte »Cum sancto Spiritu .... Mit dem hl. Geiste in der Herrlichkeit des Vaters. Amen.“ für sich haben, um an ihnen alle Fugenkunst zu erproben? oder was soll das heißen, wenn das »Amen« allein 50 und 100mal in allen Modulationen wiederkehrt? Diese Worte scheinen nur angewendet zu werden, um die Kunstfertigkeit zu zeigen und dazu eine Wortunterlage zu haben; denn ohne Worte könnte man ja eigentlich nicht singen. Ist das wirklich Kunst und kirchliche Kunst? c) Die Kirche fordert, daß durch die harmonischen oder mehrstimmigen Gesänge der Gottesdienst nicht unnöthig verlängert oder unterbrochen werde [2]). Solche unnöthige Verlängerung oder Unterbrechung führt aber eine ohne alles künstlerische und liturgische Bedürfniß an das Gloria (und Credo) angehängte Fuge mit sich. Es kann also nichts mehr gewünscht werden, als daß diese Stelle mit einer Fuge verschont bleibe, damit die Kunst nicht mit ihren eigenen Grundsätzen, mit der Vernunft und der Kirche in Conflikt gerathe. Eine kräftige Ausweitung des Schlußes und Wiederholungen der Schlußworte will ich damit nicht mißbilligen, aber einer eigentlichen Fuge kann ich das Wort nicht reden.

Zu bemerken ist noch, daß die Wiederholung der Worte der Intonation »Gloria in excelsis Deo« durch den Chor unstatthaft ist; ferner, daß diejenigen Stellen des Textes, bei welchen der Celebrant eine Kopfneigung zu machen hat, hervorgehoben und besonders deutlich hörbar sein müssen, auch nie übergangen werden dürfen, wenn es auch (nach dem Cærem. Episc. gestattet ist. einige andere Stellen zu übergehen, sofern sie von der Orgel supplirt werden. Die besonders hervorzuhebenden Worte sollen nicht zu lang und nicht zu kurz behandelt und nur ausnahmsweise wiederholt werden; die alten mustergiltigen Meister haben dabei gewöhnlich das kunstreich contrapunktische Gewebe unterbrochen und homophonen Satz angewendet. Diese Stellen sind: Adoramus te, Gratias

---

[1]) H. Bellermann. Der Contrapunkt oder Anleitung zur Stimmführung. Berlin, 1862. — [2]) S. Note 2. S. 26.

agimus tibi, Jesu Christe, Suscipe deprecationem nostram, Jesu Christe. Es dürfen keine andern Worte eingeschoben und soll bei Wiederholungen die Ordnung nicht verkehrt werden.[1]

4. Responsoria.

Nach Vollendung des Gloria durch den Chor grüßt der Celebrant das Volk mit dem Gruße: »Dominus vobiscum!« (der Bischof mit: Pax vobis!), worauf der Chor entgegnet: »Et cum spiritu tuo!« nach römischer Singweise im nämlichen Tone.

Von den Responsorien sei hier überhaupt bemerkt: Harmonie, Uebereinstimmung der zusammengehörigen Theile wird als ein Haupterforderniß künstlerischer Schönheit angesehen; Gruß und Gegengruß, Versikel und Responsorium sind in der Liturgie zusammengehörige Theile, stehen zu einander in engster Beziehung, also ziemt es sich, daß der Chor in derjenigen musikalischen Sprache antworte, in welcher der Gruß oder die Vorrede geschieht, da er ja kein Fremdling ist. Um diese Uebereinstimmung festzuhalten, muß er sich derjenigen Responsorien bedienen, welche die Kirche bestimmt und im Meßbuch vorgeschrieben hat, nur diese sind dem Versikelgesang des Priesters entsprechend; gleichgültig ist es dann, ob man den Responsoriengesang mit der Orgel begleitet oder nicht. Daß nur Choralresponsionen hier passen, das wird auch das ungeübteste Ohr herausfinden, und ihre Kraft und Würde wird durch keine andere Weise ersetzt oder erreicht. Die „Kunst" ist auch in diesem Punkte seit langer Zeit in der Irre gegangen. Was soll man aber dazu sagen, daß in manchen Kirchen die Responsorien gar nicht gesungen, sondern blos von der Orgel abgespielt werden (und noch dazu in welcher Weise)!

Das Gesagte gilt für alle Responsorien, namentlich für diejenigen bei der Präfation, wo der Chor durch Responsionen, welche dem Altargesange nicht gleichartig sind, den singenden Celebranten selbst in Verwirrung bringen kann.

5. Graduale.

Der Celebrant singt hierauf die Oratio, Collekt, das Hauptgebet der Messe, der Chor antwortet mit „Amen", sich als Symbol oder Repräsentant des gläubigen Volkes mit den Bitten und Wünschen des Priesters einigend, worauf noch eine oder mehrere Orationen (unter einer Clausel) folgen können.

Nach den Orationen singt der Subdiakon die Epistel im zuständigen Recitationstone mit einfachen Clauseln oder Fällen. Nun tritt der Chor wieder thätig ein mit dem Gesange des Graduale, des Alleluja, der Sequentia oder des Tractus. Dieses sind Zwischengesänge, welche einentheils den Zweck haben, dem Diakon Zeit zu geben, sich zur Absingung des Evangeliums vorzubereiten, anderntheils in ihrer höheren Auffassung Ausdruck der Gesinnungen, Gefühle und Entschlüsse sind, durch welche die Gläubigen in das, was der „Epistel" genannte Abschnitt der heiligen Schrift ihnen nahe gelegt hat, eingehen, auf daß diese heilige Lehre ihnen wirksam sei zum Leben.

Das Graduale[2] steht auch immer in nächster Beziehung zur Epistel und zum Evangelium, so wie zur ganzen Festfeier. Es wechselt also der musikalische Charakter desselben nach dem Feste, steigert sich aber fast nie zu lebhafter Erhebung, diese geschieht erst in dem darauffolgenden Alleluja, welches in alter Zeit oft mit einem sehr ausgedehnten vokalisirten Anhange (Neuma, Jubilus) abgesungen wurde. (In der Osterzeit beginnt der das Graduale vertretende Gesang mit Alleluja.) Das Graduale kann auch abwechselnd mit Orgelspiel abgesungen werden.

Die Sequenz oder Prosa, welche sich um's 8. Jahrhundert aus dem Jubilus des Alleluja gebildet hatte, ist ein die Feier des Tages betreffender Lobgesang oder Hymnus. Seit der Revision des Missale im 16. Jahrhundert haben nur mehr fünf Sequenzen im römischen Missale ihren Platz behalten, nämlich: Victimae paschali für das Osterfest (und Oktav), Veni sancte spiritus für das Pfingstfest (und Oktav), Lauda Sion für das Frohnleichnamsfest, Stabat Mater für das Fest der 7 Schmerzen Mariä und Dies irae für die Requiem-Messen. In den Missalien verschiedener Orden finden sich um einige mehr. Im Choralgesange sind die Sequenzen von zwei Chören wechselweise vorzutragen, erst bei der letzten Strophe vereinigen sich beide Chöre, da je zwei Strophen stets die gleiche Melodie haben.

---

[1] In den Messen, wobei sich die Kirche der blauen oder schwarzen Farbe bedient, sowie bei einigen nicht solennen Votivämtern fällt das Gloria aus.

[2] Ursprünglich wurde das Graduale nach römischer Anweisung an der letzten Stufe des Ambo oder der Lesekanzel wechselweise gesungen, d. h. zwei Sänger sangen dort vor und der Chor folgte an seinem Platze mit dem Gesange nach.

Die Sequenzen zählen zu dem Schönsten, was die Liturgie an Poesie und Melodie enthält, und die Kirche bezeichnet ihre Unterlassung von Seite des Chores als einen Mißbrauch, welcher gehoben werden müsse. [1]

Der Tractus ist ein Bußgesang und kommt nur von Septuagesima an durch die Fastenzeit zur Anwendung (außerdem noch an einigen Vigilien). Seinen Namen hat er von der gedehnteren Weise des Vortrages, welche ihm eigen ist; er reiht sich an das Graduale mit Auslassung des Alleluja und des folgenden Psalmverses.

Die Texteinrichtung dieser Gesänge scheint eine eigene musikalische Behandlung in der Form zu beanspruchen, und die blos motettenartige wird nicht die richtige sein; da das Graduale (de tempore) aus dem eigentlich sogenannten Graduale mit einem Verse, dann aus einem daran sich schließenden Alleluja mit einem Verse und der Repetition des Alleluja besteht, möchte eine gemischte Form (polyphon und homophon) vorzuziehen sein, zumal im Choral diese beiden Theile verschiedene Tonart haben. Auch bei den Sequenzen wird die textliche Einrichtung für den Componisten maßgebend sein, so daß er eine Strophe mehrstimmig, die andere choraliter oder umgekehrt hält. Daß alle Strophen gesungen werden, ist nicht nothwendig, wenigstens scheint dieß aus einem Dekret der C. S. R. d. d. 1. Aug. 1854 hervorzugehen, worin beim Dies iræ den Sängern gestattet wird, einige Strophen zu übergehen; natürlich behält dabei die allgemeine Regel ihre Gültigkeit, daß, was durch die Orgel ergänzt wird, gesprochen werde. Die gänzliche Auslassung solcher Stücke nimmt die Kirche nur an im Falle des Mangels genügender Sänger.

Auch der Tractus verlangt solche abwechselnde musikalische Form, da ebenfalls sein Text nicht fortlaufend, sondern in Verse geschieden ist. [2]

6. C r e d o.

Nachdem der Diakon in feierlichem Tone mit ernsten Schlußfällen das Evangelium abgesungen hat, stimmt der Celebrant das »Credo in unum Deum« an (wenn die Art des Offiziums solches verlangt); der Chor fährt dann ohne Repetition dieser Worte mit »Patrem omnipotentem« fort.

Das Credo oder das Glaubensbekenntniß, auch Symbolum genannt, welches ganz naturgemäß der Lehre des Evangeliums nachfolgt, ist ein wichtiger Theil der heiligen Messe. „Wer zu Gott kommen will, muß glauben, daß er ist," und damit übereinstimmend steht das Credo in der Liturgie vor dem Beginne der eigentlichen Opferhandlung gleichsam als Pforte zum Eintritt in's Heiligthum da. Der Chor bekennt mit der Gläubigenschaar feierlich und laut vor dem Throne Gottes den Glauben an die heilige Dreifaltigkeit in ihrer schöpferischen, erlösenden und heiligenden Thätigkeit und gelobt mit dem Amen, in diesem Glauben zu leben und zu sterben. Das ist jedesmal ein feierlicher Moment, und die Kirche gibt der Erhabenheit und dem Ernste gebührenden Ausdruck in ihrem choralen Credo. Welche Glaubenskraft und welch' heiliger Ernst spricht sich nicht schon in der kurzen Phrase aus, mit welcher der Celebrant es anstimmt! „Es ist in seinem ganzen Verlaufe recitativisch gehalten, aber es ist ein Recitativ ohne Gleichen, so wahr im Ausdrucke und so musikalisch schön. So spricht der Katholik, der das ganze Glück, ein Kind der Kirche zu sein, kennt und fühlt, sein Glaubensbekenntniß. Es ist kein todtes, geistloses Heruntersagen und Aufzählen der Glaubensartikel, nein, es drückt sich in jedem Artikel, den er bekennt, seine Ueberzeugung, seine Bereitwilligkeit, für diese auch das Leben zu lassen, sowie die Beseligung aus, welche er daraus schöpft. [3]

Soll das Credo seiner Bedeutung beim heiligen Opfer nicht verlustig gehen, so muß die harmonische Musik wieder mehr zur ursprünglichen Einfachheit im Vortrage dieses Gesangstückes zurückkehren und durch mehr recitirende Weisen die Gläubigen zum Mitsprechen und Mitbekennen auffordern, als durch bezaubernde Melodien und Harmonien. Denselben blos ein musikalisches Kunststück

---

[1] C. S. R. 11. Sept. 1847.

[2] Unter dem 7. Sept. 1861 wurde von der C. S. R. eine Anfrage bezüglich des Tractus, welche sich auf eine Entscheidung der Congregation für Sens berief, wornach Gesangstücke von untergeordneter Bedeutung (non præcipuæ partes) nur, wenn die Orgel nicht gespielt wird, ganz zu singen seien, im andern Falle bei Supplirung durch die Orgel der Text zu sprechen sei, ferners auf eine Entscheidung für Brieuz, wornach dergleichen Gesangstücke, auch wenn die Orgel nicht gespielt wird, wegen Mangel genügender Sänger (ob deficientiam cantorum) wegbleiben können, — also beantwortet: „Der Tractus ist ganz zu singen, wenn die Orgel nicht gespielt wird." (Mühlbauer, Decreta authent. IV. „Tractus".)

[3] „Joh. Gg. Mettenleiter", pag. 153.

zu bieten, dem sie allein ihr Ohr leihen und worüber sie vergessen, was das Credo von ihnen will, diese cantatenmäßige Form mit dramatischem Aufputz, welche seit dem Umsichgreifen der instrumentirten Kirchenmusik fast stetig geworden ist und über dem Ausmalen einzelner Gefühlssituationen und selbst einzelner Worte die Bedeutung des Ganzen verloren hat, steht mit dem Texte, der weder etwas Lyrisches noch Dramatisches an sich hat, im vollsten Widerspruche; das Symbolum ist ein einfaches, mit vollem Herzen und darum auch in einzelnen Theilen mit wechselndem Affekte vorgetragenes Bekenntniß, und es schickt sich an und für sich keine andere Form besser, als der einfach deklamirende oder ein diesem ähnlicher Vortrag. Das anerkannten die alten Meister, das anerkennen auch die besseren Compositeure der Neuzeit, indem sie die bisher festgehaltene Chablone mehr und mehr verlassen. Damit soll aber keineswegs einer monotonen begleiteten Recitation das Wort geredet werden, sondern es wird der Stimmungsausdruck je nach dem, was ein gläubiger Christ beim andächtigen Sprechen des Credo fühlt, wechseln; nur die bisher beliebten schroffen, theatralischen Gegensätze und der leidenschaftliche Ausdruck wollen getadelt werden.

Als besondere Fehler mögen hervorgehoben werden: die ariose Behandlung mancher Text-Stellen, welche besondere Hervorhebung verlangen, die weichliche oder klagende Ausdrucksweise des Et incarnatus est, welches wohl andächtige Ruhe und anbetenden Vortrag erheischt, aber doch nichts enthält, was zur Trauer und Wehklage oder gar erst zu Bravour-Tonauslassungen aufforderte; dann die weitgetriebene Wortmalerei bei descendit de coelis, Et resurrexit, et ascendit, judicare vivos et mortuos, bei welch letzterer Stelle es besonders beliebt ist, die Schauer des Gerichtes in dumpfen und grellen Tönen (z. B. durch Posaunen) antönen zu lassen. Ebenfalls glaubt man bei Crucifixus statt demüthiger Anbetung die schreckliche Lage eines am Kreuze Sterbenden zeichnen zu müssen. Unpassend erscheint auch am Schluße des Credo eine Fuge über die Worte „Et vitam venturi ....." oder blos über „Amen", wodurch das ohnehin schon lange Gesangstück eine unnöthige und ungerechtfertigte Ausdehnung erhält. (Vergl. das beim Gloria über die Fugen Gesagte.) Man begnüge sich mit einem einfacheren, der Würde eines Glaubensbekenntnisses entsprechenden, kräftigen, feierlichen Schluße.

Die Kirche duldet keine Abkürzung dieses Stückes, auch nicht die Auslassung einer Stelle, der ganze Text muß gesungen werden und zwar, wie ihn das Meßbuch gibt, d. i. nur das nicänische Symbolum, nicht das kürzere apostolische kann und darf gebraucht werden[1]). Unzählige Male ist das vollständige und deutlich verständliche Absingen des Symbolums eingeschärft worden, ältere Verordnungen ließen nicht einmal die Orgelbegleitung zu, damit dem klaren Verstehen nicht der mindeste Abbruch geschehe. Auch im Credo müssen diejenigen Stellen, wobei der Celebrant eine Kopfneigung oder Kniebeugung zu machen hat, deutlich hervorgehoben werden. Diese sind: Et in Jesum Christum, Et incarnatus est, Simul adoratur et conglorificatur. Bei »Crucifixus ....« hat der Diakon das Corporale auf den Altar zu tragen, weßhalb der Text deutlich hörbar sein muß; auch soll die Musik nicht schnell und kurz über diese Stelle hinweggehen[2]).

7. Offertorium.

Nach beendigtem Credo grüßt der Celebrant das Volk wieder mit »Dominus vobiscum«, worauf der Chor sein Responsorium »Et cum spiritu tuo« singt; nach dem »Oremus« des Priesters folgt der Gesang, welcher den Namen »Offertorium« trägt. Er besteht jetzt aus einem kurzen Verse; in den ältesten Zeiten, da noch die Gläubigen Opfergaben zum Altare trugen, sang der Chor eine Antiphon mit mehreren Psalmversen, selbst mit einem ganzen Psalme, jetzt ist nur mehr die Antiphon übrig geblieben. Dieser Antiphonvers ist deßhalb, wie Radulf von Tungern († 1403) schon anmerkt, langsamer zu singen, und zu Cardinal Bona's Zeiten pflegten die Sänger den Text ein oder mehrmal zu wiederholen, damit der Gesang nicht eher endete, als bis die Altarhandlung der Opferung vollendet und der Priester bei der Präfation angelangt war[3]). Solche Wiederholungen können auch heutzutage, wenn nöthig, angebracht werden.

Im A. B. war Gesang und Musik angeordnet, während das Volk seine Gaben darbrachte, damit es erinnert würde, seine Geschenke und Opfer mit freudigem Sinne zu spenden[4]), einen ähn-

---

[1]) Das Credo wird nicht in allen Messen gebetet oder gesungen, sondern nur an den Festen des Herrn, der seligsten Jungfrau Maria (und während deren Oktaven), an den Festtagen der hl. Engel und Apostel, an allen Sonntagen und Patrociniumsfeierlichkeiten, am Kirchweihfeste und in den feierlichen Votivämtern.

[2]) Concil. Cameracense 1565 und viele andere Concilien. Vgl. Cäcilia 1863, Nro. 3. 5. 9. — C. S. R. 7. Sept. 1861. — Cæremon. Episc. I, 28.

[3]) Card. Bona. Rerum liturg. lib. II. c. 8. — [4]) Ibid.

lichen Zweck hat auch der Offertoriumsgesang beim Opfer des neuen Bundes. Der Text weist aber zugleich auf die Festfeier, erinnert entweder an die großen Gnadengaben, welche uns aus den göttlichen Geheimnissen, deren Erinnerung gefeiert wird (z. B. am hl. Weihnachts-, Oster-, Pfingstfeste) fließen, und welche uns zur vollen Hingabe an Gott auffordern, — oder deutet auf besondere Liebeserweise hin, die Gott seinen Heiligen um ihrer Gerechtigkeit willen zukommen läßt, und die auch unser Antheil sein werden, wenn wir uns, wie sie, ihm ohne Rückhalt schenken[1]).

Was den Chor bezüglich dieses Gesanges anbelangt, so hat er möglichst den Text des Missale beizubehalten, oder wenn es an damit versehenen Tonstücken fehlt, doch Compositionen auszuführen, welche einen aus dem Breviere oder dem Missale entnommenen entsprechenden Text haben und sonst dem Festcharakter sich anschließen. (Vgl. was oben über die Eigenschaften der liturg. Musik bezüglich des Textes gesagt ist). Unliturgisch und verboten ist es, ungehörige Texte zu benützen oder deutsche Lieder einzuschalten. Man bemerke auch, daß das Offertorium nicht eine beliebige „Einlage" bildet, sondern ein der hl. Liturgie organisch eingefügter Theil ist; darum weg mit dieser unschicklichen Benennung!

Die musikalische Kunst kann sich hier wegen der wenigen Textworte freier bewegen, und die Motetten der alten Meister, welche über solche Texte und für eine bestimmte Festfeier componirt sind, gehören gewöhnlich zu dem Kunstreichsten, was sie geschaffen haben. Diese größere Freiheit in Entfaltung ihrer Mittel darf aber die Kunst nicht verleiten, darin eine Gelegenheit zur Schaustellung ihrer Fertigkeiten, zur Umgestaltung des Offertoriums etwa gar zu einer Concertpiece zu erblicken. Viel ist in dieser Weise in neuerer Zeit gesündigt worden, und wohl noch jetzt haben manche Componisten und Chorregenten keine höhere Anschauung von dem Offertorium.

Für Ausdruck und Ausdehnung dieser Compositionen gibt die Liturgie und die Festfeier die gehörigen Schranken; freiere Bewegung ist am Platze, aber nicht Willkür.

8. Praefatio.

Die Thätigkeit des Chores wird wieder bei der Präfation in Anspruch genommen, welche durch einen Dialog voll Lebendigkeit und Tiefe eingeleitet wird, die sich zumal im Gesange kund gibt. »Per omnia sæcula . . . . . .« Amen. »Dominus vobiscum«. Et cum spiritu tuo. »Sursum corda! Aufwärts die Herzen!" — Mit welch hoher Begeisterung soll es der Chor bestättigen: »Habemus ad Dominum! Unsre Herzen sind bei Gott!" — Und wenn der Priester singt: »Gratias agamus etc. Lasset uns Dank sagen dem Herrn, unserm Gotte!" so muß man es von einem gläubigen Chore erwarten, daß er mit vollster Ueberzeugung singt: »Dignum et justum est! Würdig und geziemend ist dieß!" So sollen die Responsorien für den Chor nicht todte Formeln und leere Wortmachereien sein; die Sangsweise selbst ist dem Meßbuche zu entnehmen.

Die Präfation[2]) sodann, dieser herrliche Anbetungs-, Lob- und Preisgesang, von eines frommen Priesters Mund gesungen, tönt wie überirdische Klänge in diese Welt herein, ein Gesang, unnachahmlich in seiner schlichten und so ausdrucksvollen Melodie, die nur durch die Kunst eines mitfühlenden Organisten noch eine glänzende Zuthat erhalten könnte. Nicht überall ist es Gebrauch, diesen Gesang des Priesters mit der Orgel zu begleiten, und ich glaube mit Recht; der Altargesang bedarf keiner Begleitung. Abgeschafft werden soll darum auch um so mehr der Gebrauch vieler Kirchen, die Orgel zur unaufhörlichen Begleiterin alles und jeden Altargesanges zu machen.

9. Sanctus.

Am Schluße der Präfation singt der Chor das Dreimal-Heilig, das Sanctus, den würdigen Abschluß derselben. Der Priester hat in ihr die himmlischen Heerschaaren mit den Gläubigen aufgefordert zur Lobpreisung des dreieinigen Gottes, und nun stimmen Alle ein in das Loblied, das die Cherubim und Seraphim am Throne Gottes unaufhörlich singen — „ein hohes Lied, das im unaussprechlichen Unisono ertönt von den Gliedern der ecclesia triumphans, patiens und militans«[3]).

---

[1]) „Das Offertorium (im engeren Sinne) hat den Grundgedanken des kirchlichen Tages auszudrücken, der durch Opfer und Gebet im Menschen sich verwirklichen soll. Dieser Gedanke kann wesentlich kein anderer sein, als der des Introitus, erhält aber jetzt, wo das Gebet zum Opfer sich erhebt, eine Steigerung, d. h. tritt in nähere Beziehung zu dem sich vollendenden Opfer der Kirche." Amberger l. c. II. §. 27. nro. 3.

[2]) Das römische Meßbuch enthält 11 verschiedene Präfationen, welche der Organist im Falle der Begleitung vor sich liegen haben muß.

[3]) „Joh. Gg. Mettenleiter", pag. 157.

„Heilig, heilig, heilig ist der Herr Gott Sabaoth, voll sind Himmel und Erde von deiner Herrlichkeit. Hosanna in der Höhe! Gebenedeit sei, der da kommt im Namen des Herrn!" Dieses Trisagion ist der Ausdruck der Verherrlichung, wie sie durch das Opfer und im Opfer Gott dargebracht wird im Himmel und auf Erde; und wie die Stimme des Himmels und der Erde sich vereinigen, so setzt es sich zusammen aus Worten, die im Himmel, und aus Worten, die auf Erden vernommen werden [1]).

Vom gregorianischen und palästrinischen Gesange möge der Componist lernen, dieser Idee würdigen und angemessenen Ausdruck zu verleihen. Wenn das Herz von Freude gehoben wird, so fließt es gleichsam über, und es wogt in zahlreichen Tonfolgen auf und ab die Melodie des Sanctus; aber immer in heiliger Ruhe gehalten, spiegelt sie die Ehrfurcht ab, welche jede noch so große Freude vor dem Angesichte des Allerhöchsten in gemessenen Schranken erhält.

Falsch ist dieser Gesang aufgefaßt, wenn er ohne feierliche Würde mit Gleichgültigkeit behandelt wird, oder wenn das Pleni und Hosanna stürmend und drängend dem Ende zujagen, oder ein schallender Instrumentenlärm den Singchor überbietet und eher alles ist, als ein Preis Gottes.

Die Musik des Sanctus darf nicht so in die Länge gezogen werden, daß sie in die Consekration hineinreicht; sie muß schon frühzeitig beschlossen werden, damit sowohl für den Priester, welcher nun alle Gebete still zu sprechen hat [2]), wie für die Gläubigen die Ruhe und Stille eintrete, welche als Vorbereitung auf den heiligsten Akt der Consekration nothwendig ist. Darum soll auch die Orgel nach dem Sanctus, wenn sie nicht lieber ganz schweigt, mit sanften Stimmen und erhabenen Harmonien ertönen [3]) bis zur Wandlung, wo tiefstes Stillschweigen zur Anbetung des Heilandes ziemt. Tollheit geradezu ist es zu nennen, wenn während des hl. Aktes, da der Sohn Gottes vom Himmel auf den Altar niedersteigt und unter den Gestalten von Brod und Wein gegenwärtig wird, dieser göttliche Einzug in rohester Auffassung durch einen Tusch mit Trompeten und Pauken oder mit einem „Blechmarsch" gefeiert wird! Solch profanster und gemeiner Auffassung verdanken auch die sonst üblich gewesenen und hin und wieder noch üblichen Tusche bei Beginn und Schluß des Amtes, bei Gloria, Sanctus, Ite missa est ihre Entstehung. Hoffentlich wird die Zeit nicht mehr ferne sein, wo bessere Einsicht und der durchdringende Wille der Oberhirten solchem Unfuge allerorts die Kirche verschließt.

10. Benedictus.

Im liturgischen Texte ist das Benedictus mit dem Sanctus verbunden, und so hat es auch der Priester zu sprechen. Der Chor kann es aber vom Sanctus trennen und nach der Wandlung vortragen (C. S. R. 12. Nov. 1831). Diese letztere Ordnung ist für die Pontificalämter durch das Cæremoniale Episcoporum (II, 8) vorgeschrieben, für andere Aemter empfohlen (laudabilis). Wenn aber bei diesen das Benedictus mit dem Sanctus verbunden wird (natürlich darf die Musik auch in diesem Falle nicht in die Consekration hineinreichen), so kann nach der Wandlung das Tantum ergo oder ein anderer Gesang vom hl Sakramente (aus den Hymnen des hl. Thomas, aus den Antiphonen des Breviers oder aus der Messe des Frohnleichnamsfestes) ohne Veränderung der Worte genommen werden [4]).

Vor der Wandlung gesungen ist das Benedictus ein Gruß und Lobspruch der des Erlösers harrenden Seele, nach der Wandlung aber eine demüthige, innige Anbetung des auf dem Altare gegenwärtig gewordenen Gottes, der Erguß eines gottliebenden Herzens, ein andächtiger, mit Engelstimmen gesungener Hymnus auf den Erlöser, der sein Erlösungswerk jetzt eben wieder auf dem Altare vollbringt.

Das Benedictus hat den Componisten auch Anlaß zu großen Ausschreitungen gegeben; in der Regel ward dieses Tonstück in einem weichlichen, süßlichen Tone gehalten, eher ein Schäferlied als eine kirchliche Musik zu nennen, oft wurde es als ein pures Concertstück behandelt und große Solostellen sowohl für einzelne Singstimmen als auch für Instrumente eingeflochten. Nicht minder verkehrt als dieses ist der schroffe Gegensatz, in welchen häufig auch das Hosanna zum ruhigeren

---

[1]) Amberger l. c. pag. 144.
[2]) In den alten Zeiten durfte der Celebrant im Canon nicht fortfahren, bis der Chor das Sanctus geendet hatte, damit er die vollste Sammlung in diesem erhabensten Theile der hl. Messe bewahren konnte. Das Cærem. Ep. II. c. 8, 70 sagt: „Chorus prosequitur cantum usque ad „Benedictus" exclusive, quo finito, et non prius, elevetur Sacramentum." (Der Chor führt den Gesang bis zum Benedictus exclus. und erst dann und nicht eher soll das hl. Sakrament erhoben werden.")
[3]) Cærem. Episc. II, 8. 28.
[4]) C. S. R. 14. April 1758; 8. April 1839; 11. Sept. 1847; 22. Juli 1848.

Benedictus gebracht wird; man läßt nämlich ein lärmendes, flüchtiges, aufregendes Hosanna in die eben angestrebte und erzielte Ruhe hineinfahren, und bedenkt nicht, daß eine von der Heiligkeit des Augenblickes durchdrungene Seele nie und nimmermehr so unzart dem Heilande begegnen möchte; mit dem kirchlichen und liturgischen Sinne ist es unvereinbar. Man vergleiche damit die gregorianischen Weisen und die Compositionen der mustergiltigen Meister aus älterer Zeit!

11. Agnus Dei.

Nach dem Gesange des Benedictus oder statt dessen eines andern eucharistischen Textes folgt das Pater noster; das Gebet des Herrn erfreut sich auch einer einfachen, aber überaus schönen Melodie, welche so ganz der natürliche Ausdruck des demüthigen und vertrauensvollen Bittens und Flehens ist. Der Chor hat dabei zu respondiren.

Nach den Responsorien (Amen. Et cum spiritu tuo) beginnt die nächste Vorbereitung auf das Opfermahl, auf die heil. Communion. Je näher der Moment dieser Vereinigung mit Jesus rückt, desto mehr demüthigt sich der Priester und das Volk[1]), es ergeht der nochmalige Ruf um Gnade und Barmherzigkeit, welchem Flehen im Gesange: »Agnus Dei . . . . Lamm Gottes, das du die Sünden der Welt hinwegnimmst, erbarme dich unser!“ Ausdruck gegeben wird. Dreimal wendet sich das Flehen an den Herrn, seiner Barmherzigkeit zu gedenken, und die Seele stärkt ihr Vertrauen durch diese Erinnerung an die Liebe des göttlichen Sohnes, damit sie mit desto größerer Zuversicht sagen könne: „Erbarme dich unser!“

Die Worte Agnus Dei . . . ., mit denen einst der Erlöser von seinem hl. Vorläufer Johannes verkündet wurde, bergen einen tiefen Gehalt, welcher in Worten nicht wiederzugeben ist, den nur Glaubenstiefe und Kunst in entsprechende Töne kleiden kann. Eine wahre Herzenssprache sind die hiehergehörigen Choralmelodien, die in ihrer Einfachheit und vollen Wahrheit jedes fromme Gemüth ergreifen; und welche Perlen lieferten die alten Meister in ihren besten Messen! Weit ab davon stehen freilich eine gute Anzahl Agnus Dei-Compositionen der Neuzeit, die nicht mehr erkennen lassen, was das Agnus Dei zum gläubigen Herzen sprechen soll.

Falsche Auffassung erfährt manchmal das Miserere nobis, welches hier wieder nicht das dumpfe Seufzen eines in Reueschmerz fast untergegangenen Sünders bezeichnet, sondern das demüthige, im Vertrauen gestärkte Flehen einer mit Gott schon ausgesöhnten, aber noch immer der Gnade bedürftigen Seele, einer Seele, welche bei all ihrer Reinheit fühlt, daß das Reinste auf Erden vor Gottes heiligstem Auge noch nicht rein genug ist.

Bei »Dona nobis pacem, Schenk uns den Frieden!“[2]) fleht der Christ hier um Frieden, nicht wie die Welt ihn gibt, sondern um den innern Frieden, welchen die Vereinigung mit Christus (Communion) verleiht, und um jenen ewigen Frieden, dessen Unterpfand uns die heilige Communion wird. In dieser vertrauensseligen Aussicht und Erwartung hebt sich die Gemüthsstimmung, wie sie auch die gregorianischen Melodien darstellen. Totales Unverständniß und geistloses Musiziren muß es demnach genannt werden, wenn dem Dona nobis pacem geradezu eine fröhliche und lustige Färbung gegeben wird, oder es als ein Triumphzug vom Siege heimkehrender Krieger, noch dazu reichlich mit Trompetenstößen und Paukenschlägen versetzt, gehalten ist. Ebenso wird man vergebens nach einem genügenden Grunde suchen, warum das Dona, sowohl im Takte als Tempo wesentlich vom Agnus Dei abweichend, als ein eigenes Stück zu bearbeiten, oder als eine bloße Wiederholung des Kyrie, Osanna (wenn auch mit Abkürzungen) geringschätzig zu behandeln sei.

12. Communio.

Das Caeremon. Episc. II, 8. 79 sagt vom Agnus Dei: „Dem Chore obliegt, das Agnus Dei zu singen, an welches sich der Gesang „Communio“ anreiht, nachdem der Celebrant das heilige Blut genossen hat, entweder während der Austheilung der Communion an die Gläubigen, oder wenn solche nicht stattfindet, während der Purifikation des Kelches.“ Diese „Communio“ ist ursprünglich

---

[1]) In den ersten Jahrhunderten des Christenthums nahmen bekanntlich alle Gläubigen an der Communion während des hl. Meßopfers an Sonn- und Festtagen wirklich Theil, jetzt blos mehr geistlicher Weise. Doch wünscht die Kirche, daß so viel wie möglich die Communion gleich nach der Communion des Priesters den Gläubigen gereicht werde, wie dieß noch am Gründonnerstage sich erhalten hat, und bei Generalcommunionen einzelner Vereine stattfindet.

[2]) Diese Worte wurden im 11. Jahrhundert im Hinblick auf die damaligen Drangsale und kriegerischen Nöthen eingeschaltet.

eine Antiphon, mit welcher (wie beim Offertorium) einst ein Psalm[1]) verbunden war, und wurde während der Communion der Gläubigen abgesungen. Diese jetzt noch unter gleichem Namen bestehende Antiphon ist der Ausdruck jener speziellen Gnade, welche die heilige Eucharistie, außer den allgemeinen Wirkungen, gerade an diesem Tage verleiht.[2]) Bei Hochämtern mit bloßer Vokalmusik wenigstens sollte dieser Gesang wieder sein Recht erhalten. Auch dieser Gesang ist von den alten Meistern öfters polyphon und motettenartig behandelt werden.

13. Ite missa est.

Nach der Communio obliegt dem Chore nur mehr zu responbiren und dadurch mit dem Celebranten bis zum Schluße der heiligen Messe in Wechselbeziehung zu bleiben. Beim „Ite missa est" „Gehet, das Opfer ist vollendet!"[3]), mit welchem feierlichen Gesange der Schluß der Messe vom Diakon verkündet wird, antwortet der Chor: „Deo gratias!" „Gott sei gedankt!" in gleicher Melodie. Das ist ein wahrer Preis- und Dankgesang für die unschätzbaren Gnaden, welche aus dem heiligsten Opfer geflossen sind; und wie der Diakon die Gemeinde mit freudiger Theilnahme an dem ihr zu Theil gewordenen großen Glücke entläßt, so soll auch der Chor dieses Glück fühlend, mit freudigem Herzen und begeisterter Stimme sein Deo gratias singen.

Mit Ausnahme der Muttergottes- und Apostelfeste wird nach römischem Ritus bei Festämtern stets das solenne Ite missa est gesungen; erstere haben eine eigene Melodie. Wird das Hochamt dem Tagesofficium gemäß gefeiert, so ist je nach dem Range das Ite missa est und Deo gratias pro festis dupl. oder semidupl. zu nehmen. An den Tagen, wo das Gloria in excelsis wegfällt z. B. an den Sonntagen des Advents und der Fasten, singt der Diakon statt Ite missa est „Benedicamus Domino", welchem der Chor ebenfalls „Deo gratias" antwortet.

Eine Entscheidung der C. S. R. vom 11. Sept. 1847 sagt: „Dem Ite missa est antwortet der Chor: Deo gratias; doch kann der Gebrauch, das letztere durch Orgelspiel zu ersetzen, beibehalten werden." (Wer kann aber einen „Tusch" vertheidigen?) —

* Mit dem feierlichen Hochamte wird häufig die Anrufung des heiligen Geistes (Veni sancte Spiritus), die feierliche Danksagung durch Te Deum laudamus, und der feierliche Segen mit Absingung des Tantum ergo verbunden; da diese Theile nur zufällige Beigaben (ex justa causa) sind, und die Frage nur nach dem liturgischen Hochamte geht, so glaube ich sie übergehen zu können.

In solcher Weise hat sich die Musik (der Chor) an der feierlichen Vollziehung des heiligen Opfers zu betheiligen. Sie steht bei keinem Theile desselben neben oder außer der liturgischen Handlung, sondern verbindet sich mit derselben zu einem einheitlichen Ganzen; sie kann auch nur in dieser Einheit richtig aufgefaßt und nur auf diesem Grunde richtig gewählt, geschaffen und ausgeführt werden. Jede Kunstfertigkeit, welche man auf Kirchenmusik aus einem andern als diesem Gesichtspunkte daransetzt, ist verlorne Sache, und jedes über Kirchenmusik gefällte Urtheil, das nicht auf diesem Grunde gewonnen wird, ist ein irriges oder wenigstens ein zweifelhaftes und schwankendes. Das sollte die „Kunst" wieder erkennen und gerne die vermeintlichen Fesseln des Eingehens in den kirchlichen Geist und der edelsten Selbstverläugnung auf sich nehmen; dann wird sie wieder Großes leisten und nicht nur sich ehren, sondern noch vielmehr Gott wahrhaft loben und die Verherrlichung Gottes durch segensreiche Wirkung auf die Gemüther der Gläubigen vermehren.

Da jedoch alle diese Regeln und Beobachtungen an sich nur todt und nutzlos wären, wenn sie nicht wirklich zur Ausführung kämen, so ist es gewiß an der Stelle, auch noch über die Personen zu sprechen, welche berufen sind, bei der Kirchenmusik thätig zu sein.

---

[1]) Dieser Psalm war fast durchweg der Psalm des Introitus. Amberger l. c. — [2]) Ibid. 207.

[3]) Früher war die hl. Messe mit Ite missa est beschlossen, und es tadelten mehrere Synodalbeschlüsse die Gleichgültigkeit vieler Christen, welche vor dieser feierlichen Entlassung hinweggingen. Später wurde es Sitte, den Anfang des Evangeliums Johannis, welches von jeher in höchstem Ansehen stand, noch anzufügen, und bei der Revision des Missale wurde es als letztes Evangelium auch in den Ordo Missæ aufgenommen. Vgl. Card. Bona, de reb. liturg. II, 20. — An den Tagen, an welchen kein Gloria gesungen wird, tritt an die Stelle des Ite missa est das „Benedicamus Domino", „Lasset uns den Herrn lobpreisen!" eine Aufforderung zu weiterem Gebete, ursprünglich die Aufforderung an das Volk, den kirchlichen Taggeiten, welche früher ans heil. Opfer sich anschlossen, auch noch beizuwohnen. (In den Requiem-Messen singt der Diakon „Requiescant in pace".)

B. Die beim Hochamte betheiligten mufikalifchen Perfonen.

I. Der Componift.

Die wichtigfte Perfon für den kirchlichen Mufikchor ift meiner Anficht nach der Componift; er fchreibt und fchafft die Mufikftücke, welche die andern Mufiker nur auszuführen haben. Sein Einfluß ift weitreichend und tiefgehend: liefert er wahrhaft kirchliche Werke, fo wird er zum Segen der Kirche und wird auch auf den Gefchmack der übrigen Mufiker und des Volkes bildend einwirken; fchreibt er aber fchlecht und unkirchlich, fo kann dieß nicht ohne fchlimme Folgen bleiben, er vereitelt den Zweck der Kirchenmufik, zerftört die wahre Andacht und verurfacht, daß der fchlechte und verborbene Gefchmack gehegt und gepflegt, die beffere Erkenntniß aber gehindert und verdrängt wird, da es noch immer Naturen genug gibt, welche an profaner Mufik in der Kirche mehr Gefallen haben, als an guter und kirchlicher. [1]

Deßhalb müffen an den kirchlichen Tonfetzer hohe Forderungen geftellt werden, die ihre Berechtigung aus der Hoheit und Erhabenheit des katholifchen Gottesdienftes, namentlich des heiligen Meßopfers fchöpfen. Nicht jeder, welcher zu componiren verfteht, hat damit auch den Beruf erlangt, ein kirchlicher Tonfetzer zu fein, und auch das bloße Wiffen alles deffen, was bisher über die mufikalifche Meffe gefagt wurde, hilft noch wenig. Die Compofition, befonders einer Meffe, ift in der That nichts Geringfügiges, und es gehört eine gänzliche Unkenntniß des Zweckes der Mufik beim heiligen Opfer dazu oder tadelnswerthefter Leichtfinn, eine folche Arbeit als eine ganz gewöhnliche mufikalifche Studie oder gar Fabrikarbeit zu betreiben und zu behandeln. Sind doch felbft große Meifter, deren kunftreich gearbeiteten Meffen wir gleichwohl den Charakter der Kirchlichkeit abfprechen müffen, nicht fo kühn, fondern mit weifer Ueberlegung und mit Daranfetzung aller ihrer Kunft an ein folches Werk gegangen, es hatte in ihren Augen eine große Bedeutung.

Was dem Tonfetzer der Mufik zu einem Hochamte (wie überhaupt für jedes kirchliche Mufikftück) unerläßlich ift, ift

1. der rechte Geift, 2. die entsprechende Bildung.

1. Grundbedingung ift der rechte Geift, und wo diefer fehlt, wäre auch bei höchfter anderweitiger Bildung auf wahrhaft kirchlich-mufikalifches Schaffen nicht zu rechnen. Der Geift aber muß fein:

a) im Allgemeinen der ächte chriftliche Geift d. h. die chriftlichen Wahrheiten müffen beim kirchlichen Tonfetzer in Fleifch und Blut übergegangen, er muß von den Lehren der heiligen Religion ganz durchdrungen fein, fo daß nicht blos fein Verftand die Glaubenswahrheiten kennt, fondern auch das Herz fie erfaßt und liebt und fie zur Richtfchnur alles Denkens, Fühlens, Wollens und Handelns macht. Der chriftliche Geift befteht nicht im Studium, fondern in der gänzlichen Hingabe an die chriftliche Wahrheit. Daraus erwächft dann das rechte Verftändniß des heiligen Cultus, die gebührende Hochachtung und Ehrfurcht vor dem größten Opfer, darauf beruht die Hochfchätzung der Kirche in ihren heiligen Gebräuchen und die Verehrung ihrer deßbezüglichen Vorfchriften, der Eifer, für ihre Ehre und Verherrlichung in rechter Weife zu wirken, das Eingehen in ihr Leben — lauter Dinge, die ein kirchlicher Tonfetzer nicht entbehren kann. Ein Welt- und Lebemann, der es mit der Religion nicht fo genau nimmt, ein Mann, welcher feiner heiligen Kirche nicht ergeben ift, wird kein wahrhaft religiöfes, gefchweige ein kirchliches Werk liefern, aus allen Theilen feiner Compofition wird der profane, der Weltgeift hervorgucken; denn was der Menfch fchafft, trägt die Signatur feines Geiftes.

Diefer Geift muß b) insbefondere der kirchliche Geift fein, der nicht blos privat-religiös ift, fondern mit der Kirche mitlebt, die Anfchauungen der Kirche über die einzelnen Cultushandlungen und Cultusformen zu den feinigen macht, und fo den kirchlichen Geift in den einzelnen religiöfen Handlungen in fich aufzunehmen fich bemüht. Denn es handelt fich hier nicht um allgemein religiöfe Mufik, fondern um fpeziell kirchliche Tonftücke, welche mit dem Geifte der Cultushandlungen, wofür fie beftimmt find, harmoniren, ja aus diefem Geifte gefloffen find. Es darf der Tonfetzer die Textworte, deren geiftigen Inhalt er mufikalifch ausdrücken will, nicht nach feiner fubjektiven, von

---

[1] Es kann nur mit größtem Danke das Vorgehen des Cäcilienvereins begrüßt werden, welcher einen Katalog empfehlenswerther Kirchenmufiken veröffentlicht, welchem die höchft belehrenden Urtheile der Beurtheilungscommiffion beigegeben find.

der Cultushandlung getrennten Auffassung nehmen, sondern so wie die Kirche sie für diese oder jene liturgische Stellung auffaßt. Diese Akkommodation an den Willen der Kirche, dieses Zurücktretenlassen der persönlichen, subjektiven Auffassung und das Eintreten in den kirchlichen Sinn, dann die freudige Unterwerfung unter alles, was die Kirche in Bezug auf Musik bestimmt und verordnet, das constituirt den kirchlichen Geist, der für die Composition kirchlicher Musik nicht entbehrt werden kann.

Dieser rechte Geist muß c) immer belebt, genährt und durch ein entsprechendes Leben in frischer guter Stimmung erhalten werden; dann kann auch in den musikalischen Produkten der ächt kirchliche Klang als Nachhall des kirchlichen Gemüthes zu Tage treten. „Was man nicht hat, kann man nicht geben," wo im Herzen nicht religiöser Sinn und kirchlicher Geist heilige Begeisterung wachruft und entzündet, da ist alles Uebrige — wenn auch noch so viele Verstandesmühe und ausgesuchteste Technik — nur ein schwacher Nothbehelf zum großen Werke.

Belebt und genährt muß dieser Geist werden durch stete innige Theilnahme an dem ganzen kirchlichen Cultus, durch Vertiefung und Versenkung in die heiligen Geheimnisse, durch beständiges Mitleben mit dem geistigen Leben der Kirche. Dazu ist dann besonders „Meditation und Contemplation nothwendig. Bloßes Studium reicht nicht aus: Betrachtung und Beschaulichkeit setzt aber ein frommes Leben voraus, was nicht immer mit dem Studium verbunden ist . . . Bei gleichen Kenntnissen ist zu wetten, daß der fromme Compositeur etwas Wirksameres schafft, als der unfromme; aber selbst bei ungleichen Kenntnissen könnte ich versucht sein, die minder technisch vollendete Composition des fromm Lebenden, ächt kirchlich Gesinnten, der technisch vollendeteren Composition des unkirchlich Denkenden und Lebenden troß alledem vorzuziehen." [1] Palästrina, Nanini, Vittoria, welche ihren Werken den Stempel höchster Erhabenheit und zugleich der edelsten kirchlichen Anmuth aufzudrücken vermochten, waren Männer tiefreligiöser Gesinnung, Innerlichkeit und Gläubigkeit; aus ihren Werken spricht ein eigenthümlicher Geist, es haftet ihnen eine gewisse Weihe an, die uns eigenartig ergreift, — ihre Schöpfungen sind eben der Reflex, der Abglanz eines durch das kirchliche Mitdenken und Mitfühlen wahrhaft fromm und kirchlich gestalteten Lebens. Und wenn uns so viele Werke anderer und späterer Meister bis auf die neueste Zeit herab kalt lassen oder gar weltlich anmuthen, so liegt gewiß eine Hauptursache auch in dem Mangel dieses kirchlichen Mitfühlens und Mitlebens. Was sollte man aber erst von einem Leben erwarten dürfen, das sich nicht einmal innerhalb der Schranken der christlichen Moral hält und bewegt? Von Leidenschaft und Sinnlichkeit gefesselte Herzen verstehen das Höhere und Geistige nicht.

Doch ist dieser rechte Geist an und für sich, obwohl Grundbedingung, noch erst gleichsam der ungeschliffene Edelstein, dessen herrliches Feuer und schöner Glanz kaum zur Anerkennung kommt, es muß der Schliff, die gehörige Bildung hinzutreten.

2. Die Bildung, welche dem kirchlichen Tonseßer zu eigen sein muß, ist a) eine technische. Hiezu genügt nicht eine einfache Kenntniß der Generalbaßregeln und die Fertigkeit, eine Melodie mit Harmonie zu versehen, sondern es gehört dazu eine tüchtige theoretische und praktische Durchbildung, welche ihn befähigt zur Beherrschung aller Formen und Mittel, die in der kirchlichen Composition zur Anwendung kommen, zum Verständniß der Construktion eines Musikstückes, zur logischen Verbindung und Verarbeitung der musikalischen Gedanken und zur richtigen Behandlung der Stimmen. Ein Musikstück ist einer Rede oder einer Dichtung vergleichbar; mit wahren, schönen und poetischen Gedanken allein ist dem Redner und Dichter noch nicht geholfen, es will auch Grammatik und Rhetorik, Prosodie und Metrik wohl studirt und geübt sein; so ist auch zu einer kirchlichen Composition eine gute und solide Technik nothwendig. Ein technischer Stümper wird nur „Lahmes und Krankes" zum Altare bringen; was man aber Gott opfert, soll das Beste sein.

b) Dem kirchlichen Tonseßer darf es nicht gebrechen an ästhetischer Bildung, d. h. es muß ihm ein feineres Gefühl für alles wahrhaft Schöne und Erhabene inne wohnen, vorzugsweise aber muß er sich einen guten kirchenmusikalischen Geschmack erworben haben. Bei der Kunst überhaupt handelt es sich um die sinnliche (sichtbare oder hörbare) Darstellung der Ideen, eines Geistigen in schöner Form. Deßwegen kann derjenige kein wahrer Künstler sein, dem der Begriff und das richtige Gefühl vom Schönen noch nicht zu eigen geworden ist. Die besten Gedanken und erhabensten Ideen verfehlen auch ihre Wirkung, wenn sie nicht in schöner, entsprechender Form vorgebracht werden. Der gute kirchenmusikalische Geschmack, die schöne Darstellungsweise für die Kirchenmusik wird aber gewonnen durch fleißiges Studium der kirchlichen Meisterwerke und nicht blos durch das Studium

---

[1] Musica, Archiv von Dr. Dom. Mettenleiter. 2. Heft (Brixen 1868, bei A. Weger) pag. 244.

allein, sondern viel mehr noch durch das damit verbundene oftmalige, theilnahmsvolle Anhören derselben. Durch die Vernachläſſigung des Studiums und Hörens ſolcher muſtergiltiger Werke, namentlich der alten Meiſter, und durch das bloße Hinausſehen auf die anziehenden Seiten der Profanmuſik oder durch das bloße Aeſthetiſiren kann abſolut kein kirchenmuſikaliſcher Geſchmack gewonnen werden.

c) Hiezu muß noch die liturgiſche Bildung kommen. Dieſe umfaßt

α) das Weſen der Liturgie; denn für die Liturgie ſind ja die Schöpfungen des kirchlichen Tonſetzers beſtimmt, mit dieſer ſollen ſie ein einheitliches Ganze, ein organiſches Kunſtwerk bilden. Wollen ſie das ſein, ſo müſſen ſie damit ſowohl im Innern übereinſtimmen, d. h. von demſelben Geiſte durchdrungen und getragen ſein, wie es die von dieſer Muſik begleiteten Theile ſind, — als auch im Aeußern ſich der Liturgie anſchmiegen, z. B. die längere oder kürzere Dauer nach ihr bemeſſen. Solches vermag aber nur ein Tonſetzer zu erreichen, welcher die hl. Liturgie ſtubirt, ſich mit ihrem Weſen, ihrem Geiſte und ihren Theilen bis in's Speziellſte bekannt gemacht hat, und nicht blos Alles weiß, ſondern auch in ihre Tiefen eingedrungen iſt. Es iſt alſo gründliche Kenntniß und noch mehr tiefes Verſtändniß der heil. gottesdienſtlichen Handlungen und Ceremonien, Erforſchung des kirchlichen Sinnes der Textworte nach der verſchiedenen Anwendung derſelben nothwendig. Daran entwickeln ſich die rechten Gefühle und Stimmungen, welche dieſe heil. Handlungen begleiten ſollen, entwickeln ſich dann die richtigen muſikaliſchen Gedanken und Ideen, welche ſich zu ſchönen Gebilden formen, die der kirchliche Geiſt mit einer höhern Weihe begabt, ſo daß ein wirklich kirchliches Tonſtück erſcheint. Ferner gehört dazu

β) Kenntniß und Verſtändniß des liturgiſchen Geſanges, d. i. des gregorianiſchen Chorals. Hieran lernt der Tonſetzer, wie die Kirche ſingt, wie ſie ihre Gefühle in Töne kleidet und zwar die rechten Gefühle am rechten Orte. „Iſt ein muſikaliſches Prototyp für den kirchlichen Text da, ſo iſt kein Zweifel, daß der Tonſetzer an daſſelbe ſich halten müſſe, ebenſo wie an das kirchlich gegebene Wort ſelbſt. Dieß Prototyp iſt der Cantus gregorianus und als der adäquateſte muſikaliſche Ausdruck des kirchlichen Wortes von der Kirche ſelbſt erklärt, alſo muß der Tonſetzer auf dieſe Quelle zurückgehen, aus ihr ſchöpfen das klare, reine und friſche Waſſer, damit gleichſam ſeine Tonblüthe begießend und befeuchtend; nur wenn der Geiſt, der in dieſer Quelle lebt, den ſchöpferiſchen Geiſt erfriſcht, nur wenn er in dieſer Quelle untertaucht, wird wahrhaft die kirchliche Intention auch im Ton zu Tage treten." [1] „Paläſtrina und alle die Meiſter des Mittelalters verdanken ihren unſterblichen Ruhm dieſen göttlichen Inventionen (des cantus gregor.); ſie bilden die Baſis ihrer Tonwerke; an dem göttlichen Funken, der aus ihnen leuchtet, entzündeten ſie ihre reine Fantaſie; und die tiefſinnigen Arabesken, mit denen ſie von ihnen umkleidet wurden, ſind der Abglanz, den die diamantenen Tonwellen ausſtrahlen, ſie ſind gleichſam der ſiebenfarbige Regenbogen, welchen die Sonne ausglüht." [2] Wahrhaftig, ein Tonſetzer kann nichts ſchreiben, das einen kirchlichen Charakter trägt, wenn er nicht in die Tiefen des heiligen gregor. Geſanges eingedrungen iſt und ihn mit Herz und Mund zu ſingen gelernt hat.

γ) Leicht erklärlich iſt es, wenn vom kirchlichen Tonſetzer auch gefordert wird, daß er die liturgiſche d. i. die lateiniſche Sprache in ſeiner Gewalt habe — nicht blos, damit er nicht ſyllabiſche, rhythmiſche, grammatikaliſche und ſyntaktiſche Fehler begehe, das heißt, daß er nicht lange Sylben zu kurzen und kurze zu langen mache, nicht zuſammengehörige Wörter trenne oder Satztheile zerreiße, da einen vollſtändigen muſikaliſchen Schluß mache, wo der Sinn des Textes noch nicht beim Schluße angelangt iſt u. d. gl.; ſolche oft höchſt ſtörende Fehler kommen gar nicht ſelten vor. Vorzüglich iſt die Kenntniß und verhältnißmäßige Gewandtheit in der liturgiſchen Sprache nothwendig, weil, wenn der Tonſetzer nicht im lateiniſchen Texte denken und fühlen kann, er auch nicht im Stande iſt, einen adäquaten muſikaliſchen Ausdruck zu produziren. Die liturgiſche Sprache hat oft einen ſo prägnanten Ausdruck und ſchließt einen ſo tiefen und ergreifenden Sinn ein, daß dagegen jede noch ſo gute Ueberſetzung zurückſtehen muß.

Nur ein Tonſetzer, welcher dieſe Forderungen erfüllt, beziehungsweiſe dieſe Eigenſchaften beſitzt, welcher von Natur mit guten Anlagen ausgerüſtet iſt und dieſelben durch gediegene Theorie und Praxis zu einer hohen Stufe ausgebildet hat; welcher zwiſchen kirchlicher und weltlicher Muſikweiſe zu unterſcheiden gelernt und kirchlich-muſikaliſchen Geſchmack aus dem Studium des gregor. Chorales und der alten muſtergültigen Meiſter gewonnen; welcher ſowohl ächt chriſtlichen als auch kirchlichen Geiſt beſitzt und pflegt und durch frommes Leben nährt; welcher ſich in die heilige Liturgie vertieft

---

[1] Ebenda pag. 248.　　[2] J. G. Mettenleiter, pag. 151.

und in ihre Geheimnisse einzudringen sucht — ein solcher Tonsetzer mag den Namen eines „kirchlichen Tonsetzers" erringen, aus seinem Geiste und seiner Feder werden Werke entspringen, welche das Prädikat „kirchlich" verdienen und wahrhaft zur Ehre Gottes, Verherrlichung der hl. Kirche und zur Erbauung der Gläubigen gereichen.

Aber das Haus Gottes möge verschont bleiben von den Werken solcher Tonsetzer, welche weder nach genügender Musikbildung streben, noch den liturgischen Gesang und die alten Meister ehren, studiren und lieben, welche nur todte Glieder am Leibe der Kirche durch weltliches Leben sich den höheren Sinn verschließen und in allem nur den Maaßstab einseitiger Kunst und subjektiven Räsonnirens mit Ausschluß oder auch Verachtung der kirchlichen Vorschriften anlegen. Damit möge in Zukunft die Kirche verschont bleiben, daß nicht der Gifthauch des profanen Wesens, welcher von den Werken unkirchlicher und unfrommer Tonsetzer ausstrahlt, wieder von Neuem versengend und zerstörend wirke.

Ich möchte dem Kirchencomponisten stets zurufen: „Bedenke, was du thust! Du schaffest zur Ehre Gottes und zur Erbauung der Gläubigen! Denk nicht an Selbstruhm! Erinnere dich, daß es sich nicht um Studienwerke, Künstlichkeiten, prangende Schaustellungen handelt, sondern um Höheres! »Omnia ad majorem Dei gloriam« muß dein Wahlspruch sein! Laß nicht das Nützlichkeitsprinzip oder das bloße Bedürfniß vorwalten, damit deine Thätigkeit nicht in Handwerk und Lohnarbeit ausarte!"

Ich kann mir den Compositeur, welcher die Musik zu einem Hochamte schreibt, nicht anders denken, als daß er gleichsam dem Irdischen entrückt, mit seinem Geiste in das große Opfer versenkt, Engelsstimmen höre und diese in Noten fixire; ich verstehe sein Schaffen nicht anders, als wenn es ein wahrer, lautlos abgehaltener Gottesdienst ist, welchen erst die Produzenten laut- und hörbar machen; ich begreife sein Schaffen nicht, wenn es nicht eine in der Anbetung concipirte und in derselben durchgeführte Kundgabe seiner innersten Gefühle in Tönen ist.

Ein heiliges Werk, ein großes Werk ist es, eine musikalische Messe zu componiren, unvergleichlich hoch über jeder andern tonkünstlerischen Schöpfung stehend. Möchte das wieder erkannt werden!

II. Die produzirenden Musiker.

Jede musikalische Composition ist einem Bilde vergleichbar, das mit sympathetischen Tinten gemalt ist. Man sieht bei gewöhnlicher Temperatur nichts als das weiße Papier, auf welchem einige schwarze Contouren sich bemerklich machen; diese lassen einen phantasiereichen Geist das ungeschaute Bild in seinem Colorit ahnen. Bringt man jedoch ein solches Bild an die Wärme, so treten die Farben in ihrer Schönheit hervor und zeigen ein ganz hübsches Gemälde, verschwinden aber sofort, wenn es aus der Wärme wieder entfernt wird.

Die Composition, in Noten dargestellt, ist auch ein solches Bild, aus dem ein kundiger Mann all die Schönheit herauslesen und fühlen mag, welche der Tonsetzer darin verborgen hat, aber erst die gute Aufführung derselben durch das geeignete Personal läßt die ganze Pracht erkennen und auch zur Kenntniß des sonst Unkundigen gelangen.

Für das Hochamt ist es also, wie für jede mit Musik begleitete kirchliche, liturgische Feier, wichtig, daß der Musikchor die kirchliche Composition in kirchlicher Weise exekutire.

Dafür hat zu sorgen

1. Der Chordirigent. Ihm ist die Leitung des kirchlichen Chores übertragen, und ihm obliegt die Pflicht, kirchliche Tonstücke zu wählen und sein Personal anzuweisen, selbe auch so auszuführen, wie es der Heiligkeit des Gottesdienstes angemessen ist und die Liturgie es fordert. Um einestheils eine gute Wahl treffen, anderntheils eine gute Executirung erreichen zu können, muß der Dirigent nicht blos ein erfahrener und tüchtig in Theorie und Praxis gebildeter Musiker sein, sondern er muß auch ähnliche Bildung und Kenntniß besitzen, wie wir sie oben vom Tonsetzer gefordert haben: kirchlich-musikalische Bildung, guten kirchlich-musikalischen Geschmack, volle Kenntniß und tiefes Verständniß der Liturgie, Erfahrenheit in der kirchlichen Sprache und den kirchlichen Verordnungen, kirchlichen Sinn und kirchliches Leben — so wenig ein Tonsetzer ohne dieses eine kirchliche Composition liefern kann, ebensowenig vermag ein Chorregent ohne genannte vielseitige Bildung ein richtiges Urtheil zu fällen, eine glückliche Wahl zu treffen, eine angemessene Ausführung zu bewerkstelligen; ohne sie wird er wohl nur nach einem unbestimmten Gefühle, nach Laune, nach weltlichen Kunstprinzipien, nicht aber nach kirchlichen und kirchlich-musikalischen Grundsätzen handeln. Und doch ist es z. B. keineswegs gleichgültig, jede beliebige

Meßcomposition für jedes Hochamt, sei es am Ostertag oder in der Fastenzeit u. s. w. anzuwenden, es fällt der Charakter der Festzeit oder der festlichen Veranlassung schwer in die Waagschaale; ebenso ist es bezüglich der Gradualien und Offertorien. Ohne die beschriebene Bildung vermag derjenige, welcher an der Spitze eines Kirchenchores steht, auch nicht sein untergebenes Personal zu belehren und in der kirchlichen Ausführung zu instruiren. Kurz, es muß vom Chorregenten eine gründliche musikalische und allseitige liturgische Bildung neben einem frommen und kirchlichen Leben gefordert werden, damit er für eine würdige Musik bei einem Hochamte sorgen könne. Für ihn hauptsächlich neben dem Tonsetzer ist dieses Büchlein geschrieben[1]). Daß er auch für gehörige äußere Disciplin und Anständigkeit seines Personals zu sorgen hat, wird wohl keiner nähern Auseinandersetzung bedürfen.

Man könnte noch fragen: Hat der Chordirektor auf das hörende Volk Rücksicht zu nehmen? In so fern es sich um den bloßen „Geschmack“ handelt, der in der Regel auf's bloße sinnliche Gefallen hinausläuft, kann er den guten kirchlichen Kunstgeschmack nicht preisgeben, obwohl er anderseits gut thut, die Stimmen competenter Männer nicht unbeachtet zu lassen. Aber den allgemeinen Grad der Bildung und Fähigkeit seiner Gemeinde muß er wohl berücksichtigen; was gebildeten Leuten verständlich ist und auf sie zu wirken vermag, bleibt häufig den Ungebildeten unverständlich und wirkungslos und stößt sie oft selbst ab. Darum ist z. B. für das Landvolk in der Regel das Einfachere dem Complicirten vorzuziehen; die Ungebildeten sind in Kunstgegenständen noch Kinder — sie können nur Milch vertragen, härtere Speisen aber noch nicht verdauen. Damit ist aber nicht gesagt, daß man nur ihren Sinnen schmeicheln soll mit lasciven Weisen und aufregenden Harmonien — mit lüderlicher Musik. Die Kirchenmusik soll auch erbauen, das wird sie aber nur, wenn sie auch für einfache, gut angelegte Gemüther verständlich bleibt. Uebrigens wolle man daraus nicht folgern, als stehe den hörenden Gläubigen ein Recht zu, über Kirchenmusik zu bestimmen; das Recht ist allein bei der Kirche.

2. Die Sänger. Die Hauptmacht des kirchlichen Chores bildet das Sängerpersonale, wie schon oben gesagt worden ist. Um sich nun am Hochamte in würdiger, kirchlicher Weise zu betheiligen, müssen die Sänger doch vor allem annehmbare (keine rohen, unkultivirten) Stimmen besitzen und hinreichend technisch gebildet und geschult (frei von üblen Gewohnheiten in Vortrag und Aussprache) sein, dann aber auch so viel geistige Bildung besitzen, daß sie entweder selbst in den Geist der Compositionen einzudringen oder doch die Belehrungen hierüber von Seite des Dirigenten zu begreifen, in sich aufzunehmen und wirksam sein zu lassen vermögen.

Die der Kirche würdige Weise des Gesangsvortrages liegt nun darin, wie das Concil von Cloveshove (8. Jhdt.) es schon kurz ausspricht, „daß der Sänger mit Herz und Mund singe“.

Der Sänger hat also a) ehrfurchtsvoll, b) deutlich, c) andächtig zu singen; so fordert es P. Benedikt XIV. in seiner schon öfter erwähnten Encyklika.

Die Ehrfurcht gründet sich auf die Heiligkeit des Hauses Gottes und die Erhabenheit des Gottesdienstes, bez. des hl. Meßopfers, und die schließt die gebührende Aufmerksamkeit und die Zucht und Bescheidenheit in der Tongebung (Intonation), dann die Fernhaltung alles Leichtfertigen, Frivolen, Ausgelassenen und Rohen im Gesangsvortrag in sich, betrifft aber auch das sonstige Benehmen im Hause Gottes — die Musikbühne (Chor) ist auch ein Theil der Kirche. Der Sängerchor befand sich ehemals im Presbyterium und bildete mit dem Clerus ein Corpus; wenn auch seit etlichen Jahrhunderten, hauptsächlich in Folge des Baues großer Orgeln, eine räumliche Trennung eintrat, so ist dadurch das innere Band nicht zerrissen, die innere Beziehung auf einander nicht aufgehoben worden. Allerdings hat sich dadurch das Bewußtsein der Zusammengehörigkeit von Sängerchor und Clerus nach und nach verwischt und wurde durch die moderne Musikkunst, den Instrumentengebrauch und den dem kirchlichen Sinne entfremdeten Zeitgeist gänzlich verloren, aber die innere Beziehung besteht gleichwohl, und wir müssen uns (wenigstens in Süddeutschland) derselben wieder mehr bewußt werden[2]). Es ist ein Frevel, den Musikchor als eine Werkstätte oder als einen privilegirten Ort zu betrachten, an welchem man sich jede Ungebühr durch Schwätzen, Lachen, unanständige Stellungen und ähnliche Dinge erlauben dürfe; es ist eine Verkehrtheit, den kirchlichen Musikdienst als bloße Lohnarbeit und als Handwerk zu betrachten, und den Chor der Kirche mit gleichen Augen, wie

---

[1]) Ausführlichere Belehrungen für das Chorpersonal enthält mein Werklein „Der katholische Kirchenchor“, Landshut. 1868.

[2]) In älteren Zeiten hatten auch die Laiensänger beim Gottesdienste in Chorkleidung, Soutane und Chorrock, zu erscheinen; solches findet auch jetzt noch in manchen Kirchen statt, z. B. in Frankreich.

einen Orchesterraum des Theaters oder die Musikbühne des Concertsaales anzusehen und zu behandeln. „Mein Haus ist ein Bethaus!“ ¹) und der Kirchenmusikchor ist ein heiliger, geweihter Platz! Das Concil von Trient befiehlt (sess. 22): „Die Bischöfe sollen weltliche Handlungen, eitle oder gar unheilige Gespräche, Umherschweifen, Geräusch und Lärm vom Hause Gottes fern halten.“ Die Synode von Constanz 1570 (Tit. V. c. 19) ordnet an: „Was die Sänger zu singen haben, soll mit möglichster Ehrfurcht gesungen werden.“ Das Provinzial-Concil von Köln 1860 sagt: „Die Cathedral- und Collegialcapitel, die Pfarrer und Kirchenvorstände werden daran erinnert, ihrer Pflicht gemäß dafür zu sorgen, daß die Sänger in der Kirche sich so eingezogen und andächtig verhalten, wie es sich beim Gottesdienste geziemt. Plaudereien, der unschickliche Gebrauch, dem Altare den Rücken zuzuwenden, und jegliches Geräusch und Getöse, wodurch die Gläubigen in ihrer Andacht gestört werden, sollen verhindert und vermieden werden.“

Zur Deutlichkeit gehört das gut verständliche Aussprechen des Textes, die richtige Betonung der Silben, die sinngemäße Phrasirung der Melodien. Häufig wird dagegen gefehlt durch schlechte Aussprache, Zerreißung der Wörter, Veränderung der Vokale, Zusammenziehung von getrennten Worten, sinnloses Herableiern u. a. m. „Wenn euch, sagt P. Benedikt XIV., an der Verherrlichung Gottes etwas gelegen ist und sie euch zu Herzen geht, so trachtet, daß man endlich wieder das verstehen könne, was man singt. Denn wozu dient mir in der Kirche die Mannigfaltigkeit des Schalles, wozu die Vervielfältigung der Harmonien, wenn ihnen der Kern mangelt, wenn es unmöglich ist, den Sinn und die Worte zu erfassen, von denen ich beim Gesange durchdrungen werden soll?“ Schärft es die Kirche den Compositeuren ein, die Musik so zu setzen, daß jedes Wort des Textes deutlich vernommen werden könne, so ist darin auch für die Sänger die Pflicht enthalten, den Text deutlich und verständlich zu singen. Wie wünschenswerth wäre auch für alle Sänger wenigstens einige Kenntniß der Kirchensprache!

Die Andacht betrifft das Herz des Sängers; dieses muß theilnehmen an dem, was gesungen wird, und somit vornehmlich auch an dem hl. Geheimnisse, hier der hl. Messe, welches er mit seinem Gesange begleitet. Was die Kirche in dieser Beziehung vom Altargesange des Priesters fordert, und was sich aus dem Wesen des Gottesdienstes naturgemäß ergibt, — andächtigen Gesang als Ausdruck der Ergriffenheit und Theilnahme des Herzens —, gerade dasselbe fordert sie und muß sie fordern vom Gesange des Chorsängers; für beide hat der Gesang die gleiche Bedeutung. „Was vom Herzen kommt, geht wieder zu Herzen.“ Der Zweck des Gesanges bei der hl. Messe wird nicht erreicht, wenn er gleichgültig, ohne Ausdruck, handwerksmäßig geschieht, auch nicht, wenn ihm künstliche Affektirtheit, Süßlichkeit, weibischer oder bühnenmäßiger Ausdruck beigemischt wird — andächtige Stimmung des Sängers ist es allein, was seinen Gesang wirksam macht und in die Herzen der Gläubigen heilige Stimmung senkt. Ohne die Andacht fehlt dem Gesange in der Kirche gerade die Hauptsache, jene höhere Weihe, welche ihn verklärt, über das Sinnliche und Erdhafte emporhebt und mit dem Wesen der Opferhandlung gleichsam amalgamirt. Der Kirchengesang ist und muß sein ein Gebet, ein Herzensgebet; ist er dieß nicht, so zeigt er sich seiner Aufgabe nicht gewachsen, vielmehr der Kirche und des Gottesdienstes unwürdig, und es trifft den andachtslosen Sänger das Wort des Herrn: „Dieß Volk ehrt mich nur mit den Lippen, sein Herz aber ist fern von mir.“ ²)

Was aber verleiht im Grunde dem Kirchensänger die Macht des Gesanges, welche Gott ein so schönes Opfer der Anbetung und Verherrlichung ist und die Zuhörer im Innersten ergreift und erbaut? Was befähigt ihn dazu, daß sein Gesang ehrfurchtsvoll und andächtig werde?

Das vermag nur der lebendige katholische Glaube; in diesem wird dem Sänger klar die unendliche Erhabenheit des hl. Opfers, zu dessen segensvollen Feier er mitzuwirken hat, und in diesem erwachsen in seinem Innern die gehörigen Gefühle und Stimmungen, von welchen sein Gesang dann durch und durch imprägnirt wird; in solchem Glauben wird ihm auch klar die hohe Würde seines Berufes, der ihn so enge mit dem Altar und dem heiligsten Geheimnisse verknüpft, und aus dieser gläubigen Einsicht sproßt die Begeisterung für sein Amt und der Eifer, sich desselben würdigst zu entledigen. Das wird ihn dann auch dazu führen, daß er die kirchliche Liturgie studirt und ihren Sinn nach den verschiedenen Festen und Festkreisen zu erkennen trachtet.

Dieß alles jedoch schließt einen christkatholischen Wandel in sich; unchristlicher und unsittlicher Wandel macht es unmöglich, sich zur wahren Andacht und zu höherer Auffassung und Anschauung zu erschwingen, unterzutauchen in die Quelle heil. Begeisterung, sich zu versenken in die Betrachtung der heil. Geheimnisse — also auch zu singen im Geiste der Kirche.

---

¹) Marc. 11, 17   ²) Isai. 29, 23.

Darum suchte von jeher die Kirche unfromme Sänger fern zu halten, und das Provinzial-concil von Köln (1860), um andere derartige kirchliche Kundgebungen zu übergehen, schärft es den Vorstehern der Kirchen ein, „mit besonderer Sorgfalt dahin zu trachten, daß zum Sängerchore nur solche genommen werden, welche das, was sie mit dem Munde singen, auch im Herzen glauben und diesen Glauben durch ihre Werke bewähren“; und der Card.-Erzbischof von Mecheln bestimmt (26. April 1842): „daß nur solche Sänger, Organisten und Musiker . . . . . zugelassen werden sollen, welche einen recht christlichen Lebenswandel führen und ihrem Amte mit Andacht und Würde vorstehen.“ [1]

3. Die Instrumentalisten. Bezüglich dieser (den Organisten ausgenommen, von welchem eigens gehandelt wird) können wir uns kurz fassen. Für sie gilt beziehungsweise Alles, was von den Sängern gesagt wurde: auch sie sind Diener der Kirche und des heil. Gottesdienstes und dürfen ihre Dienstleistung nicht als Lohnarbeit und Handwerk betreiben; auch ihnen darf die Ehrfurcht in Spiel und Benehmen nicht fehlen, auch sie sollen gute Musiker sein, welche ihre Instrumente nicht stümperhaft behandeln, sondern mit ihnen angemessen dem heiligen Dienste umzugehen wissen; auch ihnen darf die Andacht und der christliche Sinn und Wandel nicht fehlen, da ihr Wirken, wenn auch in künstlerischer Beziehung eine dem Gesange untergeordnete Stellung einnehmend, ebenfalls ein Gebet, ein Dienst Gottes, eine zur Erbauung beitragende Thätigkeit sein soll. Ihnen liegt, weil ihre Thätigkeit fast nur eine rein äußerliche und mechanische ist, die Gefahr sehr nahe, den Kirchenchor mit einem profanen Orchester zu verwechseln. Daß dieser Gefahr die weitaus größte Anzahl der Musiker unterliegt, beweist die Erfahrung, indem dieselben häufig in den Zwischenpausen auch keine Spur von Andacht und inniger Theilnahme am Gottesdienste zeigen; von den Hand-werksmusikanten läßt sich in der Regel auch nichts anderes erwarten, zumal, wenn die Wirthshaus-musik ihr Hauptgeschäft ist. Gott bessere es!

4. Der Organist.

Unter allen Instrumenten hat allein die Orgel sich die Billigung der Kirche seit Jahrhunderten errungen, und ihrer wird schon frühzeitig auf den Concilien und Synoden gedacht, nicht, um sie, wie es bei andern Instrumenten der Fall ist, aus dem Hause Gottes zu verbannen, sondern um ihren Gebrauch zu regeln und den Mißbräuchen zu steuern [2]. Sie ward und blieb das vorzugsweise kirchliche Instrument, mit welchem sich kein anderes an Macht, Ausgiebigkeit sowie Vereinigung von Stärke und Anmuth der Stimmen messen kann. Gutes Orgelspiel trägt sehr viel zur erhebenden Feier des Gottesdienstes bei.

Daß die Orgel auch beim hl. Meßopfer Verwendung finde, merkt das Cæremoniale Episc. ausdrücklich an, so wie auch frühere Conciliarbeschlüsse darüber Bestimmungen treffen.

Die Theilnahme der Orgel am Hochamte beschränkt sich allerdings, wenn ihr nicht bei den Musikstücken ein eigener Part zugewiesen und sie bei reiner Vokalmusik von der Mitwirkung dabei ausgeschlossen ist, auf die Vor-, Zwischen- und Nachspiele, und auf die Begleitung der Responsorien; aber gerade da tritt sie selbstständiger auf, und ihr Wirken ist hier von ungleich höherer Bedeutung als bei der Begleitung der übrigen Musikstücke.

Dieß ist Grund genug, daß des Organisten besonders gedacht wird.

Ihm obliegt, gleich beim Beginne des hl. Opfers mit seinem Spiele die Feier einzuleiten und durch die Orgel schon den Grundton, der die Festlichkeit durchzieht, anzustimmen, die Herzen der Gläubigen zur Andacht wachzurufen und durch seine Melodien und Harmonien zur rechten Theilnahme am Hochamte einzuladen. Er hat das Vorspiel zu vollführen und (wenn nöthig) dadurch alle oder mehrere Musikstücke einzuleiten, also auf deren Charakter vorzubereiten. Mit seinen Zwischenspielen hat er diesen Charakter festzuhalten, und die Nachspiele sollen ein wahrer Nachklang des Gesungenen sein. Muß er sich hier schon als einen wahren Künstler zeigen, so ist dieß noch mehr der Fall bei größeren Zwischenräumen und besonders am Schluße, wo er seine ganze heilige, ja, heilige Kunst entfalten kann und soll.

Gewiß ist das Amt des Organisten ein wichtiges Amt, und er soll sich seiner Pflicht gewissenhaft entledigen. Er ist Componist und exekutirender Musiker in einer Person

---

[1] Vgl. „Der liturgische Chorgesang in der kathol. Kirche“ von H. A. Kienemund. Duderstadt. 1869.

[2] Concil. Trid.; Card. Bona, de div. psalmod. c. 17.; Benedict. XIV. Encycl.; vgl. Cæcilia (v. Oberhoffer) Jahrgang 1863; S. Jakob, die Kunst im Dienste der Kirche, pag. 419, 353; u. a. m.

und zu gleicher Zeit und soll nur zur Ehre Gottes und zur Erbauung der Gläubigen wirken — nicht auf eitlen Ruhm blicken. Wie viel gehört dazu!

Muß er nicht ein technisch gewandter Mann seiner Kunst sein? Bedarf er nicht tiefen Studiums und steter Uebung? Kann er dann mit bloß theoretischem Wissen und profaner Kunstfertigkeit seiner Pflicht genügen? Bedarf er ferner nicht einer gründlichen Kenntniß der Liturgie und eines tiefen Verständnisses der heil. Handlung? Dazu führt ihn aber besonders die Betrachtung und das geistige Versenken in die heil. Geheimnisse. Wird er dieß vermögen, ohne ein auf christkatholische Grundsätze gebautes Leben, ohne eine innige Geistesgemeinschaft mit der Kirche?

Die Kirche hat besondere Verordnungen[1] für den Gebrauch der Orgel beim Gottesdienste erlassen, von welchen ich hier die das Orgelspiel zur heiligen Messe betreffenden anführe:

1. An allen Sonn- und Festtagen des Jahres, welche öffentlich gefeiert werden, geziemt es sich, daß die Orgel gespielt werde. Ausgenommen sind: die Sonntage im Advent und in der Fasten. Gespielt wird die Orgel jedoch zum Hochamte an den Sonntagen „Gaudete und Laetare", an allen Heiligenfesten, welche in diesen Zeiten feierlich begangen werden; bei der Messe des Gründonnerstags bis nach dem Gloria und bei der des Charsamstags vom Gloria an beginnend, zuletzt an jenen Tagen, an denen irgend eine Festlichkeit mit Freude und aus irgend einer wichtigen Ursache begangen werden soll; also ist auch bei feierlichen Votivmessen während des Advents und der Fasten das Orgelspiel erlaubt.

2. Bei der feierlichen Messe kann sie wechselweise mit dem Cantus (wenn der Cantus gregor. angewendet wird) gespielt werden, beim Kyrie eleison, Gloria in excelsis, Sanctus und Agnus Dei, ebenso beim Graduale und Offertorium, wobei aber verlangt ist, daß alles, was durch Orgelspiel ersetzt wird, von einem Cantor deutlich gesprochen werde. Beim Gloria dürfen weder diejenigen Stellen oder Verse, bei welchen der Celebrant eine Inclination des Kopfes zu machen hat (s. oben bei Gloria), noch der Schlußvers durch Orgelspiel ersetzt, sondern müssen dieselben deutlich vernehmbar gesungen werden. Beim Credo aber darf die Orgel nicht stellvertretend gespielt werden.

3. Bei der Elevation oder Wandlung soll sie, wenn man sie nicht lieber und besser schweigen läßt, in ernsteren und lieblicheren Klängen ertönen. Ihr Spiel hat auch am Anfange und am Schluße des Hochamtes Statt.

4. Es ist wohl darauf zu achten, daß das Spiel der Orgel nicht lasciv und ausgelassen sei, wie das Concil von Trient besonders hervorhebt, und daß durch dieselbe nicht Melodien und Gesänge vorgetragen werden, die zu dem treffenden Officium in keiner Beziehung stehen, also dem Charakter des Festes nicht entsprechen; ebenso seien profane und bühnenmäßige Weisen, wie auch virtuose Solostücke, als des Hauses Gottes und der Heiligkeit des erhabensten Opfers zuwider, fern zu halten.

5. Es möchte dann zuletzt keine unberechtigte, sondern eine mit dem Willen der Kirche ganz übereinstimmende Forderung sein, daß jeder Organist die kirchlichen Tonarten verstehe und einigermaßen ihre Behandlung für die Orgel sich aneigne.

6. Daß die Orgel die Responsorien beim Hochamte begleite, ist gut und recht, wenn es anständig geschieht; daß sie aber die beständige Begleiterin des Altargesanges sei, wie es an einigen Kirchen der Brauch ist, liegt gewiß nicht im Willen der Kirche, ebenso wenig, daß man die Responsorien mit der Orgel allein „herabschlage".

Hiemit glaube ich auf das Allernöthigste, das der kirchliche Organist beim Hochamte zu beachten hat, und das ihm theilweise schon die einfache Betrachtung der Hoheit des heil. Meßopfers, sowie, was bisher über die Musik dabei gesagt worden ist, nahe legt, hingewiesen zu haben.

In Vorstehendem suchte ich das liturgische Hochamt nach seinen verschiedenen Seiten, insbesondere nach seiner musikalischen Seite genügend zu beleuchten, wenn auch nicht ausführlich zu erörtern. Grundlage für die Beschaffenheit der dabei vorkommenden Musik muß die Würde und Erhabenheit des heiligen Meßopfers und die Großartigkeit der dasselbe umgebenden Liturgie sein. In der Liturgie steht der Ton mit dem liturgischen Worte in engster Verbindung, ist die Erklärung desselben nach seinem durch die liturgische Stellung bedingten Gefühlsinhalte und dessen Verklärung zu dem Zwecke, das Wort den Herzen eingänglicher zu machen und dieselben zu gleichartigen Gefühlen und Stimmungen anzuregen.

---

[1] Vgl. Cæremoniale Episc. l. II. c. 28; S. Jakob, l. c.

Das ist die große Aufgabe des Tones, der Musik beim heiligen Opfer, und sofern die Tonkunst nicht darauf reflektirt, ist sie nicht im Stande, als kirchlich anzuerkennende Werke zu schaffen. Die reinen, einseitigen Kunstprincipien reichen nicht hin und sie haben nur in soweit Geltung, als sie sich mit den kirchlich-musikalischen und liturgischen Grundlagen vereinbaren lassen. Darum walte in der Kirche nicht „Kunst“ allein, sondern „Kunst“ im Verein mit „Liturgie“.

An denen, welche mit der Kirchenmusik etwas zu thun haben, ist es nun, sich die Aufgabe derselben klar zu machen und in den Geist der Kirche sich einzuleben. Hohe Ehrfurcht vor dem hl. Opfer ist es besonders, was sie durchdringen muß; genaue Kenntniß und gutes Verständniß der ganzen Meßliturgie müssen sie sich aneignen, sich vertiefen in die großen Gedanken, welche ihr zu Grunde liegen; sich geläufig machen durch Studium und Betrachtung, welche Bedeutung jedem Theile derselben und jedem Texte in seiner jeweiligen Stellung nach der besondern Festfeier zukömmt. Dessen bedarf vor allen der kirchliche Tonsetzer, daß er nicht blos ein musikalischer, sondern ein kirchlicher Künstler sei; dessen bedarf der Leiter eines Kirchenchores, dem es für die Wahl und Aufführung der Kirchenstücke unentbehrlich ist; er muß ja nicht blos ein guter Dirigent, sondern ein kirchlicher Dirigent sein; dessen bedarf besonders noch der Organist, dessen Spiel auch der Liturgie Rechnung tragen muß; es ist das zuletzt auch jedem Sänger und Musiker nothwendig, damit sie der Kirche wahrhaft dienen und nicht das heil. Meßopfer entheiligen.

Allen aber muß der Klerus voranleuchten durch erbaulichste Ausführung des Altargesanges und durch Eifer und Begeisterung für Herstellung einer würdigen Chormusik. Er ist als Wächter des Heiligthums gesetzt[1]) und darf nicht dulden, daß das Haus Gottes durch schlechte Musik entheiligt werde; keine Mühe darf er scheuen, die Auswüchse wegzuschneiden und nach der ihm gebührenden höheren Einsicht in die Sache zur Ehre Gottes und zur wahren Erbauung der Gläubigen zu walten. Mancher Augiasstall ist noch zu reinigen und viel noch zu thun, bis die Kirchenmusik allenthalben ihre Würde zurückerobert hat, die ihr zukommen soll.

Opfer wird es kosten, aber für Gott soll uns kein Opfer zu groß sein!

Möchten, das ist zum Schluße mein Wunsch, möchten die Gedanken, welche in diesem Schriftchen niedergelegt sind, etwas Weniges dazu beitragen, daß das heil. Meßopfer von immer heiligerer Musik begleitet werde, und daß es auch durch dieses Mittel seine segensvollen Wirkungen immer reichlicher ausströme.

Sancta sancte!

Das Heilige werde heilig behandelt!

---

[1]) Die kirchlichen Vorschriften schärfen es den Kirchenvorständen strenge ein, daß sie Obsorge für kirchliche Chormusik tragen, so z. B. die Diöcesan-Constitutionen von Regensburg II. §. 1, 4; dann das schon angeführte Dekret des Card.-Erzbischofs von Mecheln und andere.